토볼트 이야기

Tobold–Texte

KB201409

청년 로베르트 발저(1900)

로베르트 발저
최가람 옮김
발터 베냐민 에세이

토볼트 이야기

Tobold−Texte

일러두기

1 번역 저본으로는 *Sämtliche Werke in Einzelausgaben*(Robert Walser, Suhrkamp, 1986)과 *Gesammelte Schriften*(Walter Benjamin, Suhrkamp, 1972~1999)을 사용했다.

2 각주는 모두 옮긴이 주다.

차례

낯선 사내(1912)

이것은 심각한 태만의 죄다. 나는 나 자신에게 맞서는 엄청난 악한이다. 인간이 게으름으로 말미암아 어떻게 죄를 짓는지를 나는 내 경우에서 본다. 나는 항상 내게 다가와야 할 무언가를 기다린다. 만약 모든 사람이 그렇게 한다면, 모두가 그렇게 다가와야 할 무언가를 기다린다면 어떻게 되겠는가? 결코 아무것도 오지 않는다. 그러니까 그 누구를 위해서도 기다리는 그 무언가는 오지 않는다. 한 사람이 그토록 고대하고 고대하는 것은 결코 오는 법이 없다. 그래서 모두가 고대하는 것은 결코 모두에게 모습을 드러내지 않는다. 여기에 큰 죄가 있다. 나는 내가 누군가에게 다가가기보다, 누군가가 내게 친절한 모습으로 다가오기를 기다린다. 이것이 진정한 게으름이자 결코 정당화될 수 없는 교만이다. 어제저녁, 무엇인가를 찾는 듯 보이는 이상한 생면부지의 사내가 나를 올려다보았다. 나는 열린 창문 앞에 서 있었다. 나는 나를 올려다보는 그를 바라보았다. 그는 마치 작은 신호를 기다리는 것 같았다. 나는 단지 고개를 끄덕이기만 하면 되었을 것이다. 그랬다면 기이하고 범상하지 않은 인간관계가 시작되었을지도 모른다. 어쩌면 그렇지 않았을지도 모른다. 누가 알겠는가. 불확실한 것은 알 수 없는 법이지만, 아무래도 상관없다. 나는 어둡고, 불확실하며, 마법 같은 저녁놀에 둘러싸인 그 인간 형상에게 어떤 신호를 보냈어야 했다. 그 낯선 사람은 고독한 것처럼, 가난하고 고독한 것처럼 보였다. 하지만 동시에 그는 많은 것을 아는 것 같았고, 알아 둘 만한 가치가 있는 많은 것을 이야기해 줄 수 있는 듯 보였다. 그가 해 줄 이야기는 모두 마음에 새겨 두기에 적합한 것처럼 보였다. 그런데 왜 나는 그에게 다가가지 않았던가? 나는 내 행동을 좀처럼 이해하지 못하겠다. 이런 방식으로 사람들은 서로에게 가까이 다가가고, 흔적을 남기지 않고 다시 멀어지는 것일 텐데. 내 행동은 좋지 못하다. 실제론 매우 나쁘다. 그건 틀림없는 죄악이다. 이제 나는 당연하다는 듯 핑곗거리를 찾아내서 이렇게 혼자 중얼거릴 수도 있을 것이다. 아마도 그 이방인과는 아무 상관이 없다고 말이다. '아마도'라고? 그렇다면 나는 이미 사로잡혀 있는 셈이다. 왜냐하면 다른 측면에서 보면, 그러니까 다른 관점에서 보면, 나는 그와 어떤 관련이 있으리라는 점을 시인할 수밖에 없기 때문이다. 그런고로 나는 절대 용서받을 수 없다. 나는 그를 차갑게 떠나보냈다. 어쩌면 그는 나의 친구가, 그리고 나 역시 그의 친구가 되었을지도 모른다. 참 이상하기도 하지. 나는 놀랐다. 아니, 나는 놀란 것 이상으로 충격을 받았다. 슬픔이 스멀스멀 내 가슴속으로 기어들어 왔다.

　나는 나 자신이 너무 무책임하게 느껴졌다. 그리고 내가 불행하다고 말할 수도 있을 것이다. 하지만 나는 행복과 불행이라는 단어를 좋아하지 않는다. 이 말들은 제대로 표현해 주는 바가 없다. 나는 나를 올려다보던 그 낯선 사람에게 이름을 지어 주었다. 나는 그를 생각할 때면 토볼트라 부른다. 내게 그 이름은 잠과 깨어남 사이에서 떠오른 것이다. 그는 지금 어디에 있을까? 그리고 무슨 생각을 할까? 내가 그의 생각을 생각하고, 그가 무슨 생각을 하는지 알아맞히고, 그와 똑같은 생각을 하는 일이 과연 가능할까? 나의 생각은 나를 찾던 그의 곁에 가 있다. 틀림없이 그는 나를 찾고 있었고, 나는 그에게 내게로 오라고 권하지 않았으며, 그러자 그는 다시 가 버렸다. 집 모퉁이에서 그는 다시 한 번 뒤를 돌아보았지만, 이내 사라져 버렸다. 그는 이제 영영 사라져 버린 걸까?

토볼트(1913)

악한

너는 내가 악한이라고 생각해? 나는
그렇지 않아. 믿어 줘, 나는
그런 악인이 아니야. 그것은
세간의 혀가 만들어 낸 소문일 뿐.
세상은 얼른 어떤 초상을 보길 원하지.
이상하지. 사람은
자기 내면의 존재가 아니야,
아니고말고, 너는 그들이 만들어 낸 작품이고,
끊임없는 속닥거림이 빚어낸 형상일 뿐. 그들은
네가 그렇게 구는 걸 보고 싶어 해, 그래서
너도 그렇게 행동하는 거야. 나는 나쁜 사람이 아니야
단지 병들었을 뿐.

토볼트

뭐라고? 그래. 이상하군.

나도 네가 악당이라고 생각하지

않아. 물론 나는

그저 멍청한 소년에 불과하고,

틀릴 수 있긴 하지만, 세상이

잘못 생각할 수도 있는 거 아닐까?

그들도 틀릴 수 있는 게 아닐까? 너를

비난하는 자들도 말이야. 너는 말이야,

어떻게 말해야 할까, 내 마음에 쏙 드는 눈을

가졌거든. 네가 아프다고? 나는 믿어.

그런데 너는 왜 의사에게 가지 않는 거야?

   악한

어쩌면 네가 의사일지도 몰라. 아무튼

너는 좋은 사람이야.

   토볼트

여기, 내가 보기에,

소박하고 정직한 저 고통받는 자가 오고 있네. 그의

얼굴은 거짓스러워. 그는 자신을

실제보다 더 나은 사람이라고 생각하지. 그는

경건하기보다 멍청이에 더 가까워.

—나는 그를 좋아하지 않아.

하지만, 너, 악한은 마음에 들어.

   고통받는 자

악의로 가득 차 있다고, 나는 늘 상상하곤 하지,

이 불합리한 세상이 말이야.
나는 항상 나 자신만 바라보고
늘 나 자신이 박해받고 있다고 생각하지.
여기 나를 괴롭히는 악당이 서 있구나.

토볼트
한 바보가 망상을 하고 있구나.

고통받는 자
너는 누구냐? 이렇게 뻔뻔하게
이 연극에 끼어드는 자. 나는 너를 본 적이 없고
그래서 네게 아랑곳하지 않으련다.
너는 파렴치한 거지 소년 같구나!

토볼트
나는 토볼트라고 해. 그리고 나는 단연코
멍청이들에게 나를
존중할 빌미를 준 적 없어. 그건 부질없는 짓이야.
그리고 거기서는 얻을 수 있는 것도 없고 말이야.
난 나야. 나 스스로가
나를 존중해. 알아 두도록 해. 그런 다음에야
나는 세상에서도 즐거움을 느껴.
예를 들어 여기 악한에게서 나는
즐거움을 느껴. 태양에서도
즐거움을 느껴. 하지만 너에게서는 아니야. 너는
어떤 방식으로도 나를 기쁘게 하지 못해.

너에게는 양식이 없어. 양식을 지닌 존재는
나를 매혹하지. 도둑과 사기꾼 같은 녀석들조차
기쁨을 주는 구석이 있어. 사람들은 그들을 잡으면
감옥에 가두고
자신이 한 일을 확실히 알게 되지.
하지만 너는 카멜레온이야.
너는 보잘것없어. 악마는
악마이기라도 하지. 여기 악한에게
나는 손을 내밀거야. 너에게는 손을
내밀 수 없어. 거미, 생쥐, 들쥐 그리고 두꺼비가
더 이해하기 쉬울 거야.
너 같은 인간보다는 말이야. 너에겐 오로지
박해받는 것만 중요할 뿐이지.

  악한
                    하하하!
그렇지, 나의 소년아, 그를 실컷 욕해 주렴.

  고통받는 자
여기서도, 여기서도 나를 괴롭히는구나.
세상은 온통 음모로 가득 차 있구나.
나는 곧장 여왕에게로 가서
이 일을 고해바칠 테야.

  악한
        썩 물러가라.

이리 와, 나의 용감한 소년아, 이리 와.
내가 너를 춤추는 여인에게로
데려다줄 거야. 포도주가 뿜어져 나올 거야. 그곳은,
그녀가 머무는 곳은 멀지 않아.
저기 보이는 덤불숲에서
그녀는 부풀어 오른 부드러운 풀밭에 누워 있어.
그녀는 아름답고, 신처럼 춤을 춰.
너도 보게 될 거야. 그녀가 너를
품에 안을 거야. 맘껏 즐기는 것은
나쁜 게 아니야. 우아하게 즐긴다면 말이야.

토볼트
나는 그곳으로 가고 싶어.

장면 전환

토볼트
나 자신을 찾아야 한다고, 내게
하늘의 별이 말해 준다. 나를 찾다니? 그러기 위해선
먼저 나를 잃어버려야 하지 않을까? 과연
내가 나 자신을 찾을 수 있을까? 만약 내게
찾아낼 게 아무것도 없다면 말이다. 자신을
잃고 싶지 않은 자는 절대 자기 자신을
찾을 수 없다. 그래서 나는 나 자신을
잃어버리고자 한다. 여기 나는 깜깜한
어둠 속에서 더듬거리고 있다. 밤이다. 그리고 어떤

소리도 여기서는 상상할 수 없을 것만 같다.
―지금 한 발의 총성이
울린다면, 그저 꿈을 꾸는 것만 같을 것이다. 도대체
나는 여기서 무엇을 찾고 있나? 나 자신을?
―아니다, 왜냐하면 나는
나 자신에게 그다지 열중하지 않기 때문이다.
여기 누군가가 있는 게 틀림없어. 그렇지 않으면
내가 여기서 찾고 있을 리 없으니까. 쉿.
누군가 말하는 소리가 들리지 않았나? 분명
여기 누군가가 있어. 하지만 그 정체는
내게 수수께끼야. 하지만
누군가 여기 있다고 믿는 것만으로도,
여기에는 이미 많은 것이 있는 것이다. 믿음이
내게 말해 준다. 여기에
한 생명이 있으며, 여기 있는 이는
아름답다고. 들어 봐. 누가 있었나? 아니야. 사방이
적막하다. 움직이는 것은 없어.
여기에 누군가가 생동하고 있기를 바라는
내 안의 소망 말고는.

버림받은 여인
내가 나쁜 사람인가? 아니야, 나는 나쁜 사람이 아니야.
나는 완전히 버림받았고 여기
외딴곳에서 외로이 있어야 해.
기어이 나를 기만하고야 말았던
사랑 때문에 나는 여기서

외면당한 채 쓸쓸히 있어야 해.
아무도 내게로 오지 않아, 아무도
내 곁에 있으려고 하지 않아.
아무도 이 음침한 곳,
암울한 유배지까지 오려 하지 않아.
아무도 나를 알고 싶어 하지 않아. 아무도
더는 나를 공정하게 대하려 하지 않아.
나는 비통해할 수도 없어. 내가 비통해했다면,
슬픔은 나를 광기로 몰아갔을 거야.
그러니 조용히, 괴로워만 할 뿐, 그저
홀로 괴로워할 뿐. 다른 무엇도
남아 있지 않다면, 괴로워할 수밖에.
마치 바다의 심연에서 물이
물에 잠겨 있을 수밖에 없듯이, 마치 칼에 찔린 이가
피를 흘릴 수밖에 없듯이. 버림받음이여,
너는 나의 왕관. 고통이여, 너는
나의 궁전, 그리고 나는 그곳의 여왕.

　　토볼트
들어 봐, 들어 봐. 어떤 소리가 들려와.
―얼마나 달콤한 소리인지.
나는 항상 음악을 사랑해 왔어.
내게 음악은 언제나 기적처럼
느껴져.

버림받은 여인

여기 누가 있나요?

토볼트

저예요.

버림받은 여인

그대는 누구인가요?

토볼트

         보잘것없는 존재지요.

젊고 어리석은 인간이랍니다.

어쩌면 착할지도 모르고, 그렇지 않을지도 몰라요.

부지런할 수도 있지만, 어쩌면 그렇지 않을 수도 있어요.

선한 일에 능할지도 모르지만, 어쩌면

다른 일에도 능할지 몰라요.

모르겠어요. 저는 제 자신을,

어떻게 말해야 할지 모르겠지만,

어둠 속에서 잃어버렸어요. 하지만

항상 용기를 내어 꿋꿋하게 버텨 냈어요.

인간은 태도에 주의를 기울여야 해요.

마치 항상 자기 자신과

마주하고 있듯이 말이에요. 그대는 스스로를 여왕이라

불렀지요. 그렇게 들었답니다.

엿들은 걸 용서하세요. 저는

한 귀로 듣고 한 귀로 흘리는

사람이에요. 보아하니, 그대는
불행한 것 같군요. 잘되었네요. 왜냐하면
저는 기뻐하지 않는 존재를
사랑하고 흠모하기 때문이에요. 그대는 알아야 해요.
저는 저 자신을 너무도
즐거워하면서도, 그 때문에 스스로를
―경멸하기도 한다는 것을요.
절 믿으세요. 기꺼이
그대를 섬기고 싶어요. 저는 당신을 보지
―못해요. 왜냐하면
여긴 어둡기 때문이에요. 문제없어요. 영혼이
그대를 보고 있으니까요. 하지만 알아 두세요.
저는 그대가 보고 싶어
죽을 지경이라는 걸. 그리고 제 손에
―빛이 있었으면 하고 소망하고 있다는 걸.
제가 그대의 아름다움을 느끼기만 하는 게 아니라
볼 수 있도록 말예요. 어떻게 하면
좋을지 말해 주세요. 제가 그대를 도울 수 있을까요?
―저는 섬기는 것이 기쁨인
사람이에요. 저는 그대를 위해서라면
지옥에라도 내려가 그대에게 입 맞출 거예요. 그러니
대답해 주세요. 저는 이야기하고 있고, 그대는
침묵하고 있네요. 화가 난 건가요?

  버림받은 여인
        저는 화나지 않았어요.

단지 지쳐 있을 뿐이에요. 계속 말해 봐요. 그대의
이야기는 제게 위로가 되네요.
그대의 말은 신뢰감을 주네요. 이야기해 보세요. 그대는
가난한 사람인가요? 그리고
그렇게 비천한 사람이어서
버림받은 여자에게,
이렇게 선량한 투로 말을 거는 건가요? 높은
지위나 품위, 유명세 같은 건 필요 없겠지요.
저 같은 사람에게 말을 걸고
또, 겉으로 보기엔 기꺼이 그러고 싶어 하는
―사람에게라면 말이에요.

　토볼트
그대가 생각하는 것보다 가난은 더 많아요.

　버림받은 여인
저보다 더 가난한 사람이 있을까요?

　토볼트
아무렴, 더 곤궁한 사람이 있고말고요.
사람들 모두가 너무,
너무나도 가난하지 않은가요? 누가
"나는 진정으로 부유하다"라고 뽐내듯 말할 수 있을까요?
―아무도
부유하지 않아요. 태어난다는 것은
가난 속으로 가라앉는다는 걸 의미해요. 삶이란

궁핍과 싸우는 것을 뜻해요. 결코
삶의 풍요 같은 것이 존재했던 적은 없어요.
—부유한 사람은
못되지 않은 사람이에요. 만약 그대에게
복수하고 싶은 욕망이 없다면,
분노의 감정이 없다면, 당신은
가장 곤궁한 사람이 아니에요. 여전히 울고 있는 이는
—부유한 사람이에요.
잘못이 있는 이도 부유한 사람이에요. 무언가를
소유한 사람은 풍요로운 사람이
아니에요. 정당함에 집착하는 사람도,
자기가 항상 옳다고 우기는
완고한 사람도 풍요로운 사람이 아니에요.
—불의는 달콤하고,
황홀하며 풍요로워요. 그리고 만약 그대가
감옥에 앉아 참회하고 있다면
당신은 부유한 사람이에요.

　버림받은 여인
　　　　그러니까 고뇌 속에 있는 제가
—부유한 사람이라고요?
지금 무슨 말을 하는 건가요?
그대는 내게 와서,
내 처지를 매우 비참하다고 여기는 자들보다,
내가 절망할 수밖에 없다고
생각하는 자들보다 내가 더 부유한 사람이라고

말하는 건가요?

토볼트

그럼요, 물론이지요.

버림받은 여인

그대는 천사인가요?

토볼트

그럴 리가요!
저는 결함투성이랍니다.
저는 나쁜 사람이랍니다. 보세요.

버림받은 여인

그러면 그대가 하는 말은 단지 예술일 따름인가요?

토볼트

아니요, 영혼이여. 어떻게 예술일 수가
있겠어요. 제가 예술가가 아닌데.

버림받은 여인

그대는 무얼 하는 사람인가요?

토볼트

저 자신도 모른답니다.
제가 무얼 하는 사람인지부터 알아봐야겠군요.

버림받은 여인

그대는 사랑스럽게 이야기하는군요. 그리고 저는
혈통 있는 높은 신분의 사람이니(이 점을
자랑스러워하는 건 아녜요), 내 반지를 가지고
떠나세요. 떠나는 것 말고는 그대가 나를 위해
할 수 있는 건 더 이상 없어요. 이곳을 떠나세요.

다른 어딘가에서

토볼트

꼭 마치 푸른색 천막처럼
여기 하늘이 펼쳐져 있네.
여기서는 자유가 향기처럼 풍겨 오고,
감정이 공기 중에 흐르는구나.
공기는 신선하고, 사람들은 이 공기를
마음껏 깊이 들이마신다.
기분 잡칠 일만 없다면,
이 하루는 마치 크리스털 같다.
이곳은 얼마나 아름다운가.
─저기 나뭇잎 하나가 떨어진다.
가서 그 나뭇잎을
입에 물고 싶다. 안개가
이 구역에 자욱해진다. 번개가 친다. 모든 게
흠뻑 젖어 있다. 모든 게 반짝거린다.
보기에 황홀한 광경이다. 그리고
얼마나 온화하고 얼마나 선량하게

노랗게 물든 잎들로 가득한 나무들이 서 있는지.
여기 저물어 가는 울창한 여름이 남긴
한 조각 작은 푸름이 남아 있다.
저기 전나무들이 보인다. 장려하게
연못가에 서 있구나.
물속에 그 모습이 비친다. 쉿, 들어 봐. 우는 소리를.
공중을 날아가는 새가 우는 소리다.
아름답고도 아름답고, 더욱 아름다워진다.
사람들은 이해하지 못한다. 노랑은 마치
명성과 같고, 파랑은 사랑과 같이
다정다감한 것이며, 저기 고동빛은
명예를 닮았다.
여러 길이 덤불 사이로
굽이쳐 있고, 이 모든 것이
달콤한 색채의 향연과 같이 서로
어우러져 있다. 만물이 행복하구나. 내가
행복한 것이 아니라, 우주 만물이 그러하다.
물론 나 역시도 행복하다. 만약
전체가, 연결된 것,
흐트러진 것, 얽혀 있는 것이
이토록 아름답다면, 나 또한 기쁨으로 인하여
아름답고도 아름다운 것이다. 왜냐하면
모든 것을 아우르는 전체는 나 역시도
—포괄하기 때문이다. 그렇게
나는 그대, 자연에 속해 있나니. 그렇게
나는 합창 속의 음조, 그리고 노래 안의

가느다란 목소리이다.

　지배자
너 이 녀석, 말해 봐라, 여기서 뭘 하고 있는 거냐?
하루 일과라도 막 하려던 참이냐? 뭘 하는 건가?
자연이나 멍하게 쳐다보고 있다니, 게으른 녀석!
기다려라. 채찍질을 해서 네가
모든 걸 이해하게 해 줄 테다. 자, 이제
일하러 가도록. 당장.

산책하기(1914)

한 사람이 산책을 나섰다. 그는 기차에 올라 먼 곳으로 여행을 떠날 수도 있었겠지만, 그저 가까운 곳으로 걷고자 했다. 그에게는 가까운 곳이 멀리 있는 중요한 곳보다 더 의미 있는 것처럼 느껴졌다. 그러니까 그에게는 중요하지 않은 것이 중요하게 여겨진 것이다. 이 정도는 너그러이 봐줄 만하다. 그의 이름은 토볼트였는데, 그가 실제로 그렇게 불렸건 아니면 다른 이름으로 불렸건, 어쨌거나 그는 주머니에는 돈이 조금밖에 없었고 가슴속에는 쾌활한 용기를 품고 있었다. 그렇게 그는 아주 천천히 앞으로 나아갔다. 그는 너무 빠른 속도를 좋아하지 않았다. 그는 서두르는 것을 경멸했다. 돌진하듯 급하게 움직이면 땀에 젖게 될 뿐이었다. 그럴 필요가 있나, 하고 그는 생각했다. 그리고 조심스럽고, 주의 깊게, 점잖고, 절도 있게 나아갔다. 그가 내딛는 걸음걸음은 신중하고 깊이 숙고한 것이었으며 그 속도에는 지켜볼 만한 편안함이 깃들어 있었다. 태양은 아주 뜨겁게 타오르고 있었고, 이러한 사실에 토볼트는 내심 진정으로 기뻐했다. 물론 그는 비가 왔어도 흔쾌히 받아들였을 것이다. 그러면 우산을 펼쳐 들고 비를 맞으며 산뜻하게 행진을 이어 갔을 것이다. 심지어 그는 조금은 습기를 그리워하고 있던 터였다. 하지만 태양이 빛나고 있었기 때문에 그는 태양에 동의를 표했던 것이다. 말하자면, 그는 거의 그 어떤 것에도 트집을 잡지 않는 사람이었다. 이제 그는 머리에 쓴 모자를 벗어 손에 들었다. 낡은 모자였다. 수공업 도제 청년에게 걸맞을 법한 어떤 허름함이 이 모자에서 눈에 띄게 두드러졌다. 그것은 닳고 닳은 모자였지만, 그럼에도 모자 주인은 존경심을 가지고 모자를 대했다. 모자에는 추억이 걸려 있기 때문이다. 토볼트는 오래 사용했거나 닳아 해진 물건들과 작별하는 일을 늘 어려워했다. 예를 들면, 그는 지금도 너덜너덜한 신발을 신고 있다. 그는 새 부츠 한 켤레를 마련할 수도 있었을 것이다. 그는 그 정도로 찢어지게 가난하지 않았다. 그가 구걸해야 할 정도로 가난하다고 말하고 싶지는 않다. 하지만 신발은 낡았으며, 거기엔 추억이 가득 매달려 있었다. 그는 이 신발을 신고 수많은 길을 걸었고, 이 신발은 그동안 얼마나 충실하게 버텨 주었던가. 토볼트는 오래된 모든 것, 써서 낡아 버린 모든 것을 사랑했다. 때로는 곰팡이가 슨 것마저 사랑했다. 예를 들어, 그는 노인들을, 멋지게 닳아 버린 나이 든 사람들을 사랑했다. 이로 인해 토볼트에게 정당한 비난의 화살을 돌릴 수 있을까? 결코 그럴 수 없다! 왜냐하면 그것은 정말이지 아름다운 경건함의 표현이니까. 그렇지 않은가? 그러고는 그는 황홀하고 사랑스러운 푸른 하늘 속으로 계속 걸음을 옮겼다. 오, 하늘은 얼마나 푸르렀던가, 그리고 구름은 얼마나 눈처럼 하얗던가. 구름과 하늘을 줄곧 바라보는 일은 토볼트의 행복이었다. 그는 도보 여행하기를 무척 좋아했다.

왜냐하면 걸어 다니는 사람은 모든 것을 차분히, 풍부하고도, 자유롭게 살펴볼 수 있기 때문이다. 반면 기차를 타는 사람은 정확히 기차역이 아니고서는 어디에서도 선 채로 머물러 있거나 멈추어 설 수 없다. 역에서는 대개 우아하게 연미복을 차려입은 종업원이 혹시 맥주 한잔하시겠느냐고 물어 올 것이다. 토볼트는 자유로울 수만 있다면, 그리고 그의 두 다리로 걸을 수만 있다면 맥주 여덟 잔 정도는 기꺼이 포기할 수 있었다. 왜냐하면 자신의 두 다리가 그를 기쁘게 해 주었고, 걷는 것이야말로 그에게 고요한 만족을 선사해 주었기 때문이다. 방금 한 아이가 그에게 '안녕하세요'라고 인사를 건넸다. 토볼트도 그 아이에게 '안녕'이라고 말해 주었다. 그리고 그는 걸어가면서 오랫동안 이 사랑스러운 꼬마 아이를 생각했다. 자신을 몹시도 예쁘게 쳐다보면서 매력적인 미소를 지어 보이던, 그리고 그에게 친근하게 '안녕하세요'라고 인사해 주었던 그 아이를 말이다.

토볼트의 삶(1915)

진실을 말하자면, 나는 당시 어느 백작 소유의 성에 하인으로 들어갔다. 계절은 가을이었다.

내가 기억하는 한, 나는 근면, 열성 그리고 주의력에 있어한 치 부족함 없이 일했다. 사람들은 내게 만족해했다. 물론, 처음에는 그러지 않았다. 초반에 나는 조금 서투르게 행동했다. 하지만 아마도 이러기는 다른 누구나 마찬가지였을 것이다.

오늘도 나는 나 자신이 멋진 식당 홀에서 엄숙하게 서 있는 모습을 본다. 제대로 된 하인이라면 평온함인 동시에 주의력 그 자체여야 한다. 내 생각에, 나는 시간이 흐를수록 내게주어진 모든 요구와 수행해야 할 모든 의무 사항을 완벽히 충족하게 되었다. 사람들은 내게 매우 좋은 평가가 담긴 증명서를 발급해 주었다.

성안의 모습은 매우 아름다웠다. 평범한 시민에게 성은이미 그 자체로 강렬한 마력을 지닌 공간이다. 세상에나, 지금껏 내가 본 것은 그저 고만고만하게 예쁜 방들이었을 뿐이다. 하지만 지금 내가 시선을 던지는 곳은 홀, 그러니까 천장이 높고 웅장한 홀이다.

성에는 아름답고 품격 있는 방들이 줄지어 있었다. 말하자면, 여러 내실과 외실이 있었다.

우아한 대저택에서는 식사 시간 동안 하인들이 겸손하면서도 확고한 자세를 갖춘 채 식사 중인 귀족들의 의자 뒤에 바짝 붙어 조용히 서 있기 마련이다. 말하자면, 이곳 관례이다. 이는 일종의 훌륭한 예의범절이나 양식으로 간주된다. 이러한 순간에 나는 조각상처럼 가만히 서 있다가 다음 순간에는 다시 매우 생기 있고 활동적인 상태가 되곤 했다.

나는 식당에 달린 거대하고 얇은 여닫이문이 매력적이라고 생각했다. 이 문은 신사들이 다가오는 즉시 열렸다가 모두가 입장한 뒤에는 곧바로 다시 세심하게 닫혀야만 했다.

광대한 성 전체에는 우아함의 향기가 퍼져 있었는데, 그것은 아마도 모든 복도와 방에 감돌던 장엄한 고요에서 비롯된 것이었다. 백작 자신도 조용히 발걸음을 옮겼다. 하인들이야 더 말할 나위가 없었다.

백작은 섬세한 사람이었다. 그는 날씬하고 큰 체격에다 진정 귀족적으로 못생긴 얼굴을 지니고 있었다. 그를 바라본다는 것은 그의 마음에 들지 않을까 봐 두려워한다는 것을 의미했다.

모든 사람에게 대단히 무례하게 굴었던 성의 청지기는 멀리서라도 백작의 목소리가 들리면 몸을 벌벌 떨었다. 백작의 목소리는 타고난 지휘관의 목소리처럼 거세게 울려 퍼졌다. 하지만 백작은 선량한 사람이었다. 가끔 그를 몰래 바라볼 때면, 그에게서 지고의 선(善)이라는 인상을 확실히 받을 수 있었다.

그는 독신자였는데, 그의 이런 처지에 대해 마을 사람들은 몹시 애통해했다.

마을은 정겨웠다. 나는 이 마을에서 금방 고향에 온 듯한 느낌을 받았다. 이곳은 나의 고향 마을들을 가장 아름다운 모습으로 떠올리게 해 주었기 때문이다. 나는 세상의 모든 마을이 서로 닮아 있다고 생각한다. 마을의 골목길이나 주요 거리는 온통 노랗게 물든 나뭇잎들로 가득했고, 나는 자유 시간이 생길 때마다 '독일 황제'라는 술집에 가 앉아 있기를 좋아했다. 그곳 맥주는 사실 정말 형편없었지만, 그럼에도 그 맥주를 마시는 일은 내게 큰 즐거움이었다.

나이가 지긋한 마을 어머니들은 내 고향 마을 부인들과 거의 판박이였고, 소박한 정원들도 마찬가지였다.

성에 대해 말하자면, 이 성은 삼십년전쟁[1] 시기에 지어진 것이었다.

저녁마다, 그러니까 밤이 되면 나는 지상층에 있는 내 방에서 램프 불빛 곁에 앉아 있곤 했다. 나는 내 방 창문을 열어 두기를 좋아했는데, 그러다 보면 갑자기 나이 든 한 남자가 그 창문 앞에 나타나 편안하게 나를 들여다보곤 했다. 그 노인은 야경꾼이었다.

그는 담배에 절어 쉰 목소리로 나와 수다를 떠는 일이 잦았다. 그리고 나는 그 노인에게, 그가 내게 제공해 준 재밋거리에 대한 보답으로 자주 동전 한 닢을 건네곤 했다. 어쩌면 이 동전 때문에 그가 일자리에서 쫓겨났는지도 모른다. 어느 날 그는 만취해 있다는 이유로 그런 일을 당하고 말았다. 하지

---

1   1618년부터 1648년에 이르기까지 독일 지역을 중심으로 일어난 종교 전쟁.

만 나는 그 가난한 노인을 오직 선의로만 대해 주었을 뿐이다.

종종 내가 홀로 방 안의 책상에 앉아 백작의 서재에서 몰래 가져온 책을 열성적으로 읽고 있노라면 저녁 어둠에 싸인 창밖 공원에 비가 내리곤 했다. 나는 비가 내리는 모습을 무척이나 좋아했다. 하지만 내가 사랑하기보다 오히려 저주했던 것은 종종 나를 깊은 잠에서 내동댕이치곤 하던 내 야전 침대였다.

내가 백작을 처음 보았을 때를 잊을 수 있을까?

우리 네 명의 하인, 즉 성의 청지기, 시종장, 첫 번째 하인과 두 번째 하인은 컴컴한 밤에 현관문 앞에서 램프 불빛을 받으며 주인님이 도착하기를 기다리고 있었다. 마차가 도착하자, 네 명의 하인은 이를테면 보란 듯이 열성을 다해 마차로 달려든다. 이어서 백작은 마치 병약하여 스스로 몸을 가눌 수 없기라도 한 듯 하인들에게 들어 올려진다. 물론 실제로는 전혀 그렇지 않았다.

이렇게 해서 나는 생전 처음으로 위대한 주인의 이미지를 보게 되었다. 그리고 백작이 밤에 여행에서 돌아올 때면 하인들에게 어떻게 수발을 받곤 하는지 알게 되었다.

다른 한번은, 내가 정오 무렵 한가로이 방에 있는 소파에 기대 앉아 있을 때였다. 갑자기 문이 열리고, 한 숙녀를 동반한 백작이 내 앞에 나타났다. 백작은 그 여인에게 이 방을 보여 주고자 했던 듯했다. 나는 잽싸게 일어났다. 백작은 마치 성의 볼거리를 소개하듯 나를 가리켜 보이며 흡족해했다. 그 여인은 매우 친절한 미소를 지었다. 그러고 나서 두 사람은 다시 떠나갔다.

공원에는 무척 아름다운 나무들이 서 있었다. 그리고 가을이었기에 사방 어디를 둘러보아도 온통 노란색, 갈색, 금빛으로 물들어 있었다. 나무들 위로는 맑고 청명한 푸른 하늘이 펼쳐져 있었다. 내가 착각하는 것일까? 아니면 나는 정말 이렇게 온화하고 아름다운 가을을 본 적이 없었던 것일까?

얼마나 많은 신선하고 상쾌한 가을 공기를 기쁨으로 들이마셨던가. 그리고 저녁마다 공원에 서서 달을 올려다보고 있노라면 얼마나 즐겁고 만족스럽고 평온했던가.

이와 같은 일들은, 하인이 자신의 사적인 즐거움을 위해 얼마든지 누려도 무방한 것들이다. 아무도 내가 자연 풍경을 즐기는 일을 금하지 않았다. 그런데 나는 가령, 램프 관리와 같은 나의 직업적 의무에서 더 많은 기쁨을 얻지는 않더라도 자연에서 만큼의 기쁨을 느끼곤 했다.

만약 누군가 내게 성에서 특별히 흥미로운 일을 경험한 적이 있느냐고 묻는다면, 나는 이렇게 대답할 것이다. 내게 그런 경험이란, 일반적으로 보나 특별한 측면에서 보나 내가 부지런하고 쓸모 있는 젊은이로 여겨졌다는 사실을 깨닫는 것이었다고 말이다. 이 경험은 나에게 큰 기쁨과 깊은 만족감을 주었다. 농담 삼아 덧붙이자면, 나는 두세 명의 청소 담당 하녀들 중 한 명에게서 아주 흥미로운 인간성을 발견했노라고 말할 수도 있다. 하지만 솔직히 고백하자면, 이는 아마도 그저 아이러니하게 받아들여야 할 일일 터다.

내게 모험적이고 경험으로 가득하며 대단히 흥미롭게 여겨진 것은, 내가 하인이었으며 이러한 존재로서 나의 역할을 어느 정도 잘 해냈다는 사실이었다. 하인이라면 무언가를 경험하기보다는 단순하고 정직하게 섬겨야 한다. 스스로 흥미로운 존재가 될 필요도 없고, 그가 섬기는 사람을 흥미로운 인물이라고 생각할 필요도 없다. 오직 각별한 주의를 기울여 자신의 업무를 수행하고, 사람들이 자신에게 만족할 수 있도록 노력하기만 하면 된다. 대략 이런 정도로 나는 내가 처해 있던 상황을 이해했고 지금도 그렇게 이해하고 있다.

내게 흥미롭게 느껴졌던 것은 내가 닦던 램프들이었다. 그리고 그 무엇보다도 모험적이고, 기이하며, 범상하지 않게 보였던 것은 내가 정성껏 광을 내야 했던 바닥이었다. 이를테면 나는 언제나 생생하게 기억한다. 어두운 광택이 나는 바닥의 한 부분 위로 노란 햇살 한 점이 아른거리던 그 모습을 말이다. 이런 것들이야말로 내가 아름답고 매력적이라고 느꼈던 것들이다.

진정한 하인은 조용하고 과묵하며 부지런하고 겸손하다. 그는 예의 바르게 '안녕히 주무십시오' 그리고 '안녕하십니까'라고 인사를 건넬 뿐, 진기한 경험을 갈망하지 않는다. 하인은 자신의 단순한 영혼에 아무런 가치도 없는 독특하고 자극적인 사건보다 차라리 후한 팁을 더 바랄 것이다.

덧붙이자면, 나는 누구나 중요한 경험을 이성적으로 너무 지나치게 동경하기보다 오히려 두려워해야 한다고 생각하는 입장이다. 왜냐하면 현재까지도 일상의 평안과 안식이야말로 세상에서 가장 좋은 것으로 남아 있기 때문이다.

성에서 내가 실제로 유의미한 뭔가를 경험했다면, 그것은 분명 내가 석탄 창고에서 양동이에 담아 가지고 올라왔던 석탄과 관련한 일이었을 것이다. 석탄을 실어 나를 때면 나는 늘 온몸이 새까맣게 더러워지곤 했다. 그때마다 청지기는 뻔뻔하게도 이러한 상황을 질타했다. "토볼트, 지금 당신 꼴이 어떤지 아시오?"라는 그의 물음에 나는 부끄러운 줄도 모르고 대답했다. 석탄을 다루다 보면 누구든 어쩔 수 없이 시커메질 수밖에 없다고 말이다.

그 밖에는 모든 일이 훌륭하고 평화롭게 진행되어 갔다. 그리고 음식은 이루 말할 수 없이 맛있었다.

시종장은 범접하기 어려운 태도를 과시했다. 그는 백작보다 더 거만하게 행동했다. 진정으로 위대한 귀족은 그저 자연스럽게 행동하는 것만으로도 자신이 누구인지를 드러낼 수 있다. 그들은 굳이 자신감을 드러내 보일 필요가 없다. 허세부리는 태도는 의심의 여지 없이 위대한 사람보다는 소인배에게 훨씬 더 잘 어울리는 법이다.

백작은 얼마나 부드럽고 주의 깊게 자신의 땅과 바닥에 발을 내디뎠던가. 이는 쉽게 납득할 만한 일이었다. 왜냐하면 백작은 자신이 소유한 것을 무척 소중히 여겼기 때문이다. 이런 부류의 사람들에게 낯선 곳에서보다 자기 집에서 덜 세심하게 행동하기란 불가능한 일이다.

백작에게서는 실로 고귀한 고요함이 퍼져 나왔는데, 이 고요함은 꽃향기처럼 은은하게 성의 공간들을 스치고 지나갔다.

백작이 누군가에게 시선을 주거나 말을 건넸다면, 그 사람은 행복해졌을 것이다. 그의 눈빛에 약간의 선의가 담겨 있고, 그의 말에 약간의 친절함이 묻어 있었다면 말이다.

백작은 가끔 냉소적이고 조롱 섞인 태도를 보이기도 했지만, 이는 물론 그와 유사한 지위에 있는 사람들을 상대할 때나 그랬다. 우리는 우리와 동등한 위치에 있는 사람들보다 우리보다 더 낮은 위치에 있으면서 우리에게 순종하는 사람들을 더 부드럽게 대하기 마련이다. 하인에게는 이를 드러낼 필요가 없다.

사람들이 내게 낡은 검정 프록코트를 입혀 주었던 순간을 간략히 언급하고자 한다. 내가 모든 면에서 제대로 보이도록 그들이 나를 이리저리 돌려 보던 방식도 말이다. 내가 보기에 그 프록코트는 마치 새것 같았고, 나는 그 옷을 입은 나 자신이 근사해 보인다고 믿고 싶었다. 그것은 난생처음 입어 보는 프록코트였다. 단추에는 백작 가문의 문장(紋章)이 새겨져 있었다.

　　어느 날 아침, 나는 수선할 게 조금 있어서 이웃 마을의 재단사를 찾아갔다. 나를 숲과 빛나는 들판으로 이끌었던 그 매혹적인 아침 산책을 다시 떠올리노라면, 내게는 그날의 일이 마치 어제 있었던 일인 양 느껴진다!

　　아, 나는 즐겁고 사랑스러운 그 아침의 청량함을 얼마나 만끽했던가! 얼마나 기쁘게 걸었던가. 때때로 나는 몹시도 유쾌하고 감격에 찬 나머지 곳곳에서 달리고 폴짝폴짝 뛰어오르기도 했다. 꿈같은 동경이여, 아, 너는 얼마나 신적(神的)인가! 내 온몸의 마디마디가, 머리끝에서 발끝까지, 심장 깊은 곳에서, 팔과 다리, 손과 발 그리고 머릿속과 손가락 말단에 이르기까지 기쁘고, 행복하고, 용감했으며, 아마도 심지어는 너무 들떠 있었을 것이다. 오, 환희여!

　　그렇다, 삶에는 우리가 왜 이토록 기분 좋은지 도무지 이해할 수 없는 순간들이 존재한다. 명랑함이란 명령하거나 바란다고 찾아오는 것이 아니다. 명랑함은 거기 있다가도 갑자기 여기로 휙 날아온 것처럼 그렇게 제멋대로 다시 사라져 버릴 수도 있다.

　　성의 정원사에 관해서는 그에게 그림처럼 예쁜 딸이 있었다는 점을 말해 두겠다. 그는 종종 꽤 언짢은 기색을 보이곤 했는데, 이는 안타깝게도 정원사 양반이 여러 차례 얘기한 것처럼 백작 어르신이 정원 예술가의 노고를 충분히 인정해 주지 않아서였던 듯싶다.

나는 나만의 면도 도구가 없었기 때문에, 자주 마을로 내려가 이발소로 뛰어가야 했다. 그곳에서 나는 불만이 가득하고 괴로움으로 여윈, 그래서 특이한 사람임이 틀림없는 한 이발사 조수를 알게 되었다. 그는 나중에 설탕을 훔친 혐의로 고발되어 심문과 재판을 받고, 슬프게도 금고형을 선고받았다. 다행히도 종신형은 아니었다.

소박하고 가난했던 그 작은 마을은 언제나 최고로 아름다웠다.

차츰차츰 겨울이 다가왔다.

온 성이 금방 손님들로 가득 찼다가도, 금세 다시 송두리째 고요해졌다. 우리는 일거리가 넘쳐 당장 손이 모자랄 정도였다가도, 금방 다시 할 일이 전혀 없어서 손을 놓고 있어야 할 정도였다.

토볼트(1917)

"전에는 페터라고 불렸어요." 어느 날 토볼트라는 이름의 이상하고 과묵한 사람이 내게 말을 걸었고, 그는 조용한 목소리로 계속 이야기를 이어 갔다. 저는 어느 작은 외딴 방에 앉아 시를 썼고, 위대하고 명예로운 삶과 여성을 향한 사랑 그리고 온갖 아름답고 훌륭한 것들에 관한 꿈을 꾸었어요. 저는 결코 밤에 잠들 수 없었는데, 잠이 오지 않아서 기뻤어요. 저는 항상 깨어 있었고 생각으로 가득했어요. 자연, 초원과 숲에 난 숨겨진 길들이 저를 매혹했지요. 저는 하루 종일 환상에 잠겨 꿈을 꾸었어요. 그럼에도 저는 제가 무엇을 동경하는지 결코 알지 못했어요. 저는 그것을 알았다가도 다시금 알지 못하게 되었어요. 하지만 저는 막연한 동경을 열렬히 사랑했고, 이 동경이 사라지는 것을 결코 보고 싶지 않았어요. 저는 위험과 위대함과 낭만적인 것을 동경했어요. 저는 페터일 때 쓴 시(詩)들을 한참 뒤 좋은 기회와 적당한 시기에 오스카라는 이름으로 출판했어요. 저는 종종 정신 나간 사람처럼 저 자신을 비웃었고, 무척 기분이 좋아져서는 농담을 던지기도 했답니다. 제가 유쾌한 사람일 때, 그러니까 기분이 매우 좋은 상태일 때면 저는 저 자신을 벤첼이라 불렀어요. 이 이름에는 뭔가 유쾌하고 재미있고 세상에 우호적이며 우스꽝스러운 것이 깃들어 있는 듯 여겨졌거든요. 어느 날 저는 페터로서 완전히 절망했고, 그때부터 더 이상 그 어떤 시도 쓰지 않았답니다. 저는 사령관이, 그러니까 사소하지 않은 존재가 되어야 한다고 상상해 보았습니다. 이 얼마나 치기 어린 광기인지. 저는 완전한 절망 속으로 가라앉았습니다. 당시 제 동료들이라고 상황이 더 나은 것은 아니었습니다. 프란츠는 위대한 연극배우가 되고자 했습니다. 헤르만은 거장(巨匠)이, 그리고 하인리히는 호텔 보이가 되려고 했습니다. 하지만 그들은 자기 몽상이 지닌 우스꽝스러움을 깨닫고는 자신들의 대범한 상상이 모셔진 높은 대좌(臺座)에서 내려와 군인이 되어 전쟁에 나갔습니다. 아니면 온건한 공무원이나 시민이 되었을 텐데, 정확히는 잘 모르겠습니다. 이와 반대로 저는 저 자신이 세상의 그 어떤 고귀한 것에도 쓸모없는 사람이라는 슬픔에 사로잡혀 제게 사랑스럽고 달콤해 보이는 숲으로 달려갔습니다. 그러고는 성급한 최후를 동경하면서 큰 소리로 울며불며 죽음을 불러 댔습니다. 그러자 선량하고 동정심 많은 죽음이 베일에 감싸인 모습으로 전나무들 가운데서 제게 다가와 그의 두 팔로 저를 세게 껴안았습니다. 가련하고 불행한 가슴이 산산조각 났고 숨이 꺼져 버렸지만, 살해된 자에게서 새로운 인간이 튀어나왔습니다. 이 새로운 인간은 시간이 지남에 따라 토볼트라 불리게 되었는데, 이 토볼트가 여기 그대 앞에서 이 모든 것을 그대에게 이야기하고 있는 것입니다. 저는 토볼트로 새로 태어난 것처럼 느껴졌고 실제로도 정말 그러했습니다. 저는 세계를 새로운 눈으로 바라보았습니다. 새로운 확신이 제게 예기치 않은 힘과 활력을 마련해 주었습니다. 결코 가능하리라 생각하지 않았던 희망과 전망이 제게 뛰어올라 입을 맞추었고, 삶은 돌연 믿기지 않을 정도로 빛나고 놀랍도록 명랑한 모습으로, 부분적으로 재발견되고, 부분적으로 새롭게 창조된 영혼 앞에 놓여 있었습니다. 저는 죽음을 통과해서 삶 안으로 들어왔습니다. 저는 먼저 죽어야만 살 수 있었습니다. 삶의 끔찍한 피로에서 빠져나온 저는 이제 더 나은 깨달음에 이르렀고 삶을 즐길 수 있게 되었습니다. 저는 페터였을 때 삶에 관한 어떤 생각이나 고유한 견해를 가진 적이 없었고, 그런 까닭에 죽었습니다. 그대를 지탱해 주고 북돋워 주는 생각, 그대로 하여금 삶에 놓인 실망과 친근하게 화해시켜 주는 관점이나 고찰을 알지 못한다면, 삶이 얼마나 그대를 지치게 할까요. 저는 명예와 이와 닮은 모든 것에 관해 이제 더 이상 아무것도 바라지 않아요. 저는 위대한 것을 더 이상 바라보지 않습니다. 완전히 작고 사소한 것을 향한 애정을 얻었고, 이러한 종류의 사랑을 갖춘 끝에 삶은 제게 아름답고 공정하고 선한 것으로 여겨졌습니다. 저는 기쁜 마음으로 온갖 공명심을 포기했습니다. 어느 날 저는 하인이 되었고 그러한 존재로 백작의 성에 들어갔습니다.

그 밖에도 저는 상당히 오랫동안 단순한 착상, 단순하고도 유희적인 생각을 품은 채 이리저리 돌아다녔는데, 이 생각은 시간이 지나면서 거의 확고한 정신으로 자리 잡게 되었습니다. 제가 생생하게 기억하는 바로는, 저는 이 점에 관해 매우 섬세하고 영리하며 명망 있는 신사와 열띤 대화를 나눌 기회가 있었습니다. 미친 것처럼 보이거나 실제로 미친 것일 수도 있는 그 정신이 언젠가 제 머릿속에 들어오더니 저를 가만히 내버려 두지 않았습니다. 생각이란 현재화되고 상징화되기를 갈망하는 법이죠. 말하자면, 살아 있는 생각이란 언젠가는 꼭 실체를 가진 생생한 현실로 변모하고자 합니다. "하지만 제가 보기에 당신은 하인이 되기에 적합한 사람이 아닌 듯합니다." 위에서 언급한, 매우 영리하고 섬세한 신사가 제게 말했고, 저는 이 말에 대답해도 괜찮겠다는 생각이 들었어요. "사람이 꼭 적합해야 하나요? 저 역시 당신과 마찬가지로 제가 전혀 적합하지 않다고 생각해요. 그럼에도 저는 이 기이한 착상을 실행에 옮기기 위해 노력할 것이고, 그렇게 해야만 해요. 왜냐하면 여기에는 내적인 명예가 있고, 이 내적인 명예를 만족시키는 것은 극도로 중요하기 때문이에요. 오래전부터 실행에 옮기기를 바라 왔던 것을 저는 언젠가 완수해야만 해요. 제가 쓸모 있는 사람이건 그렇지 않건 그런 질문은 제게 부차적인 문제예요. 그 일이 어리석은지 현명한지는 첫 번째 문제와 마찬가지로 제게 부차적으로 보이는 질문이에요. 천명의, 어쩌면 수천 명의 사람들은 어떤 생각을 하더라도 다시금 그 생각이 떠나가도록 내버려 두죠. 왜냐하면 그 사람들에겐 생각을 실현하는 일이 너무 번거롭고, 너무 불쾌하고, 너무 한심하고, 너무 어리석고, 너무 힘들거나 너무 쓸모없게 여겨지기 때문이에요. 제 생각에 실행이란 그것이 용기를 필요로 한다는 점에서 이미 좋은 실행이고, 그래서 건강하고 올바른 것입니다. 실행의 성패 여부는 재차 말하지만 제게 부차적인 문제예요. 결정적이고 중요하며 의미 있는 것은 용기와 확고한 의지를 보여 주고, 계획한 일을 어느 날 실행에 옮기는 것뿐이에요. 그래서 저는 지금 제 생각을 실현하고자 해요. 왜냐하면 실현하는 일만이 저를 만족시켜 줄 것이기 때문이에요. 영리함은 어떤 경우에도, 적어도 일시적으로라도 저를 행복하게 해 주지 못해요. 돈키호테는 그의 광기와 우스꽝스러움 속에서 진정 행복한 사람이 아니었던가요? 저는 한순간도 이 점을 의심할 수 없어요. 별나지 않은 삶도, 이른바 광기가 빠진 삶도 삶이라고 할 수 있을까요? 슬픈 몰골의 기사가 그의 정신 나간 기사도 정신을 실현했다면, 저는 제 하인 정신을 실현하려고 해요. 이 생각이 기사도 정신보다 더 미친 생각은 아닐지라도, 적어도 그만큼 미친 생각임은 확실합니다. 당신 입에서 나온 현명한 가르침이 저에게 무슨 소용이 있겠습니까? 혹자가 말하길 실제로 경험해 보는 것이 머리로 아는 것보다 더 낫다고 합니다. 가능하다면, 저는 이 말을 따라 이렇게 말하고 싶습니다. 행동과 경험을 통해 스스로 배우고 가르침을 얻고 싶다고 말이에요." 저는 이런저런 말로 신사에게 대답했고, 그는 제가 발설하고 싶었던 그 말들에 대해 무척 세련되고 재치 있는 미소를 지어 보였습니다.

저는 베데킨트와 베를렌을 읽었고 여러 미술 전시회를 다녔어요. 때때로 프록코트를 입고 광택이 나는 가죽 장갑을 낀 채 어느 우아한 카페에 들어가곤 했습니다. 솔직히 고백하면, 이런 행동은 저에게 기쁨을 주었어요. 저의 문학적 성향은 고도로 발달한 지성을 바탕으로, 동시대의 지식과 교양을 대표하며 세상을 선도하는 사람들에게로 저를 이끌었습니다. 저는 온갖 부류의 사랑스럽고 저명한 사람들을 알게 되었는데, 그들을 바라보고 그들과 알고 지낸 경험은 제게 무엇보다, 가능한 한 힘차게 서둘러 유의미한 사람이 되어야 한다는 생각을 상기시켜 주었습니다. 저는 한동안 최신의, 그리고 최상의 유행을 따라 살아가는 젊은이들처럼 행동했습니다. 하지만 이러한 생활 방식은 저를 만족시키지 못했고, 저 자신과 담판을 지어서 특정 학교에 들어가야겠다는 결심을 더욱 굳혀 주었습니다. 독서만으로는 충분하지 않았습니다. 오히려 힘찬 발걸음을 내딛는 일이 중요했습니다. 늦은 여름, 어느 날 저는 시골 기차역에 도착했고, 거기에서는 마차 한 대가 저를 기다리고 있었습니다. "당신이 토볼트인가요?"라고 마부는 제게 물었고, 제가 그렇다고 대답하자 마차에 오를 수 있었습니다. 어느 친절한 가정부 또는 하녀가 저와 함께 수레에 올라탔습니다. 그것이 시작이었습니다.

시작 부분에는 다음과 같은 평범한 장면도 포함되어 있습니다. 우리가 수레 혹은 조야한 짐마차를 탄 채로 성 안뜰에 들어섰을 때 (저는 생애 처음으로 그런 안뜰, 그러니까 성 안뜰을 보았습니다.) 그 가정부 또는 하녀는 놀라운 민첩성과 노련함으로 마차에서 뛰어내려 세련된 녹색 사냥복을 입은 한 멋진 젊은 신사에게로 바삐 달려갔습니다. 그러고는 매우 품격 있는, 다소 오래된 프랑스식 무릎 인사와 경의의 말을 올리며 우아하게 건네진 그 신사의 손에 민첩하고도 극도로 기품 있는 태도로 입을 맞추었습니다. 손에 입맞춤하는 모습은 저 같은 성의 신참내기에게는 아연실색할 만하고 놀라운 광경이었습니다. '이곳의 진기한 고풍 의례인가 보군'이라고 저는 혼잣말을 해야 한다고 생각했습니다. 곧이어 밝혀진 바로는, 그 손에 민첩하고도 공손한 입맞춤을 받은 그 멋지고 고상한 젊은 신사는 백작의 비서이거나 추밀 서기관으로, 덴마크 태생이었으며 훗날 기회가 될 때 제가 몇 가지 다른 점들에 관해 이야기해야만 하는 인물이었습니다. 한편, 이렇게 관찰하는 것을 유익하다고 여기고 있던 저를 온갖 유용하거나 아니면 쓸모없는 심사숙고에서 벗어나게 해 준 인물은 어떤 사내 혹은 일급의 무뢰한이었습니다. 그는 제게 거친 명령조로 '오시오!'라고 소리쳤습니다. 제가 곧 알게 되었듯이, 그 사납고 무뚝뚝한 사내는 성의 관리인 또는 청지기였고 폴란드에서 온 호통꾼이었습니다. 처음에는 그가 이상하게 마음에 들지 않았지만, 나중에는 바로 그의 거친 성격 덕분에 점차 그를 좋아하게 되었습니다. '오시오!'라는 말에, 친근하면서도 근면한 태도로 순종하는 것 외에 제게 남아 있는 것이 과연 무엇이었겠습니까. 청지기는 저의 상관이었습니다. 그리고 이것으로 이상 무!

십 분, 아니 십 분도 채 지나지 않아 저는 크고 아름다운 어둑한 방 안에서 제가 좀 전에 거명하는 크나큰 영광을 누렸던, 그래서 우리가 이미 어느 정도 알고 있는 한 신사와 마주서 있었습니다. 그러니까 비서 또는 민감하고 창백한 인상의 그 덴마크 사람 앞에 말입니다. 그는 나지막한 일종의 덴마크식 독일어로, 그리고 틀림없이 성에서만 들을 수 있는 고상하게 가라앉은 목소리로 저에게 다음과 같이 이야기했습니다. "당신이 토볼트로군요. 그렇지요? 오늘부로 백작의 하인으로 백작 어르신의 시중을 들러 오셨지요. 여기서 우리와 함께 지내는 동안 당신은 부지런하고, 충실하고, 시간을 엄수하고, 공손하고, 예의 바르고, 근면하고, 열심히 의무를 다하고, 언제나 순종적인 모습이기를 바랍니다. 당신의 외모는 만족스럽군요. 행동거지도 그에 걸맞기를 바랍니다. 지금부터 당신의 모든 움직임을 조절하고 세련되게 하려고 애써야 합니다. 모나거나 시끄럽게 구는 일은 여기 성에서는 환영받지 못할 테고, 앞으로 결코 있어서도 안 됩니다. 이 점을 언제라도 잘 명심하셔야 합니다. 여기서는 목소리가 조용해야 하고, 모든 행동이 항상 품위 있고 사려 깊어야 한다는 점을 반드시 명심해야 합니다. 당신의 행실에 깃든 여전히 거칠고 조야한 면을 얼른 매끄럽게 바꾸어야 합니다. 항상 극도로 조심스럽게 바닥에 발을 내디딜 수 있겠는지, 첫날부터 한번 살펴보세요. 백작어르신은 이 점에 유난히 민감하시거든요. 당신은 신속하고, 재빠르고, 정확하고, 주의 깊고, 조용해야 합니다. 덧붙여, 냉정함과 침착함을 드러내 보이길 추천합니다. 당신은 이 모든 것을 단시간에 배우게 될 겁니다. 다행히도 당신은 완전히 멍청해 보이지 않으니까요. 가 보셔도 좋습니다." 그는 이 모든 이야기를 나직하고, 매우 고상하며, 꽤 피로하면서도 졸린 목소리로 말했습니다. 완전히 성의 생활 방식에 걸맞고 양식 있는 태도로, 17세기나 18세기에서 온 사람처럼 저는 허리를 굽혀 인사하고는 발끝을 세운 채 방을 떠났습니다.

그 덴마크 사람은 특유의 덴마크식 콧소리를 내며 작은 새처럼 말했습니다. 청지기, 그 빌어먹을 폴란드인은 완전히 달랐습니다. 그는 마치 독일어를 경멸해서 혼쭐이라도 내려는 듯이 발음했습니다. 그럼에도 그는 동시에 아주 점잖고, 친절하고, 선량한 사람이기도 했습니다. 물론, 그는 제가 이전에 경험해 보지 못한 방식으로 저를 교육하긴 했지만 말입니다. "토볼트, 이리로 오라는 말이요." 언제나 이런 식이었습니다. 또는 "토볼트, 어디에 처박혀 있는 거요?" 그는 항상 제 뒤에 사냥개처럼 자리해 있었습니다. 그는 "서두르시오."라고 하거나 "이봐요, 더 민첩해야 하오!"라고 말했습니다. 그가 말하길, "토볼트, 내가 당신을 부르면, 하나둘 셀 동안 자리에 와 있어야 하오. 이해했소? 그리고 내가 당신보고 사라지라고 말하려 하면, 당신은 내가 당신에게 요구하기도 전에 내 의중을 알아채고 이미 사라진 상태여야 하오. 당신은 갑자기 불어오는 바람처럼 재빨라야 하고, 부서지지 않는 강철처럼 단단해야 하오. 당신이 의기소침해지면 우리 둘 다 끝장이오. 당신은 내게서 나중에 써먹고 활용할 수 있는 것을 배워야 하오. 오래 생각하지 마시오, 토볼트! 생각은 좋지 않소. 매 순간 준비가 되어 있어야 하오. 그리고 한번 불붙기 시작하면 점점 더 타오르는 불꽃처럼 모든 일에 과감해야 하오. 자, 출발하시오!" 이러한 혹은 이와 유사한 방식으로 그는 저를 몰아붙이곤 했습니다. 한번은 제가 해야 할 일을 하는 대신 제 방에서 담배를 피웠다는 이유로 그는 제 따귀를 때리려고 했습니다. 악마처럼 제게로 달려들더니 저를 모욕하려고 했습니다. 하지만 저는 부드럽게 그의 팔을 붙잡고는, 몹시 분개한 말보다 더 많은 것을 들려주는 눈빛으로 그를 꿰뚫었습니다. 우리는, 무척 가까이에서, 얼굴과 얼굴을, 코와 코를 맞대고 서로 마주 보고 서 있었습니다. 그리고 제가 그에게 "감히 내게 손을 대지 마십시오."라고 나지막이 말하자, 그는 돌연 온순해지고 무람해지더니, 정말이지, 눈물까지 보이려고 했습니다. 저는 이 유리한 상황을 최대한 활용하기 위해 곧바로 비서에게 이 사실을 알렸습니다. 저더러 무엇을 원하느냐고 묻는 비서의 질문에, 저는 또렷한 목소리로 가능하면 당장 성과 성의 업무에서 저를 해고해 달라고 간청했습니다. "이제 진절머리가 납니다. 이 성을 단호히 떠나는 것만이 제가 간절히 바라는 유일한 소망입니다."

　"왜 그렇지요?" 신중하고 조심스럽게 비서가 물었습니다.

　"청지기는 막돼먹은 인간이고, 저는 무례를 감당하려고 이곳에 온 게 아니기 때문입니다." 저는 뻔뻔스럽게 대답했지요.

그러자 다음과 같은 대답이 돌아올 뿐이었습니다. "우리는 이런 일에 관여하고 싶지 않습니다. 당신이 다시 조용히 당신의 업무로 돌아가길 간곡히 부탁드립니다. 청지기와는 따로 이야기할 것입니다."

그들은 그 빌어먹을 사내와 이야기를 나누었고, 저는 지금 그에게 거의 미안한 마음이 들 지경입니다. 왜냐하면 제가 그를 고해바쳤기 때문입니다. 어쩌면 이 일로 이렇게까지 서두를 필요는 없었는데 말입니다.

공원과 마을은 매력적이었고, 점차 가을이 다가왔습니다. 저는 하인 제복, 그러니까 연미복을 한 벌 받았는데, 이 제복이 무척 자랑스러웠습니다. 저는 차츰 온갖 수줍음을 벗어던지고, 그 대신 호기롭고 당당하며 대담하게 행동하기 시작했습니다. 어느 날 시종장은 자존심에 상처를 입어 저에게 훈계를 해야겠다고 느꼈던 모양입니다. 그러니까 식당 홀에서, 우리 네 명의 하인이, 말하자면 청지기, 시종장, 첫 번째 하인과 두 번째 하인이 식사 시중을 드느라 분주했던 점심시간 동안에 말입니다. 식사 시간은 으레 그렇듯 격식에 맞게, 고상하고 장엄하게 진행되었습니다. 저는 높이 쌓인 깨끗한 접시 더미에 손을 뻗어 그 산더미 같은 접시를 대범하게 한 손에 받쳐 들고 식탁 주변과 식탁 주위에 앉아 즐겁게 식사 중인 어르신들 주변을 산책하듯 거닐려던 참이었습니다. 성의 모든 관습과 예의범절의 대변인인 시종장은 저의 대범함을 목격했고, 그는 이 점을 확신하고는 무척 기고만장하게, 비난 섞인 책망의 표정을 지으며 제게 다가와 낮은 목소리로 말했습니다. "여기는 식당 종업원이 곡예를 부리는 곳이 아닙니다. 당신은 품위에 대한 감각이 부족하다는 점을 알아야 합니다. 당신은 여기 고상하고 훌륭한 대저택에서 일하는 것이지, 그저 흔해빠진 식당에서 일하는 것이 아닙니다. 이런 차이를 분간할 줄 모르는 듯하군요. 몹시 통탄할 만한 일입니다. 그러니 당신에게 그 차이를 어느 정도는 이해할 수 있도록 설명해 주어야겠군요. 어서 접시의 반을 도로 내려놓으세요." 경멸로 가득한 얼굴, 분노와 오만한 비난이 서린 눈, 그리고 그가 제게 이 모든 말을 할 때 뛰어난 예절 감각이 깊이 배어 있던 그의 목소리를 저는 결코 잊지 못할 것입니다. 시종장은 정말로 어느 모로 보나 하나의 모범이었지만, 저는 그와 반대로 모범이 되기에는 한참 모자랐고, 저는 물론 이러한 점을 항상 잘 이해하고 있었습니다. 시종장은 늘 저를 약간은 수상쩍게 여겼습니다.

청지기는 제가 진심으로 노력하는 모습을 보았기에 저를 비교적 만족스러워했고, 이 사실을 저에게도 솔직하게 털어놓았습니다. 그럼에도 불구하고 그는 저를 다그치고 몰아붙이는 일을 완전히 그만두지는 못했습니다. 우스꽝스러운 성격의 어느 작은 사건을, 그러니까 미미하게나마 불쾌했던 일을 잊지 않고 언급하려 합니다. 제가 성에서 거주하기 시작했을 무렵, 공원 수풀을 지나다가 우연히 두 명의 사냥꾼 중 한 사람과 마주친 적이 있었습니다. 그는 저를 귀족 인사로 착각했던지, 저에게 경외심 가득한, 그러니까 단연 지나치게 공손한 인사를 건넸습니다. 이는 그가 저지른 실수였음에도, 그는 그 지난 일로 꽤 오랫동안 저에게 앙심을 품고 있는 듯 보였습니다. 물론, 그가 그럴 만한 진정한 이유는 전혀 없었지만 말입니다. 저는 한 번도 백작과 제대로 접촉한 적이 없었지만, 그 사실이 저에게는 별로 중요하지 않았습니다. 무엇보다 제 마음에 들었던 것은 지상층에 있던 제 방이었고, 근본적으로 그것이 저의 주된 관심사였습니다. 여기서 한 영국인을 언급하지 않고 넘어갈 수는 없습니다. 그는 영국군의 대위이자 백작과 가깝고 막역한 친구로 보였는데, 언제나 이 영국인이 매사에 주도적인 역할을 했기 때문입니다. 그가 무엇을 지시하거나 권유하든, 그것은 비길 데 없이 탁월한 것으로 여겨졌고, 그래서 의문의 여지 없이 즉각 실행할 가치가 있는 것으로 받아들여졌습니다. 저는 모든 독일 백작의 성에 명망 높은 영국인이 있거나 있었는지, 그리고 그 겉모습으로 인해 특별히 대단한 존경을 받는 영국인이 있거나 있었는지에 대해서는 확실히 알지 못합니다. 어쨌든 우리 성에는 그러한 인물이 한 명 있었고, 저는 그가 매우 중요한 사람이었다고 자신 있게 말할 수 있습니다. 덧붙여 말하자면, 저는 불공평하게 굴고 싶지 않으므로, 저에게 이 영국 양반이 매우 점잖고 꽤나 괜찮은 사람으로 여겨졌다는 점을 밝히고자 합니다. 그의 태도에서는 무엇보다 매우 굉장한 단순함이 돋보였고, 그의 지적인 얼굴에서는 인간애, 활력 그리고 교양이 엿보였습니다.

성은 그 자체로 웅장한 건축물이었습니다. 그리고 제가 자유롭게 시선을 던질 수 있었던 수많은 아름다운 방들과 공간들은 그 우아한 외관 덕분에 온통 저의 주의를 사로잡았고 관심을 끌었습니다. 몇몇 방들에는 볼거리가 가득했는데, 그중에서도 아름다운 난로들은 기품과 정중함의 시대에서 유래한 것들이었습니다. 넓고 긴 다락방은 온갖 주목할 만하고 기이한 물건들로 가득 차 있었는데, 이는 백작이 골동품 수집에 열정적인 사람임을 생생하게 증언하고 있었습니다. 서재에는 고상하고 섬세한 분위기가 감돌았으며, 바람이 잘 통하는 널찍한 복도들은 때때로 매혹적으로 스며든 햇살로 가득 찼습니다. 이 복도의 벽에는 갖가지 종류의 값비싸고 오래된 그림들이 걸려 있었는데, 이를테면 가족 초상화나 도시 풍경화 같은, 이전 시대의 예술적 열정을 보여 주는 독특하고 매력적인 증거물들이었습니다. 거대한 기사실을 꾸미고 있던, 장식이 화려하고 웅장하며 값비싼 가구들은, 강력한 만큼 오래전에 사라져 버린 미적 감각의 본보기였습니다. 그중 몇몇은 탁자, 의자, 촛대 또는 거울과 같은 정말로 놀라운 작품들이었습니다. 이곳에는 고독하면서도 위대한 느낌을 자아내는 진정한 화려함과 웅장함이 휘황찬란하게 모여 있었습니다. 이어서 다시 매혹적인 물건들과 작은 소품들로 가득한 방이 나왔는데, 이 물건들은 이른바 신경증과 천재적 감수성의 시대인 제국 시대와 비더마이어 시대의 유산들이었습니다. 응접실에서는 특이하고 오래된 썰매가 눈길을 끌었는데, 오직 백작의 침실만은 완전히 텅 비어 있었습니다. 고풍스러운 특징을 지닌 기도대와 고해 의자를 제외하면, 여기서는 극도로 현대적이고, 명백하게 의도된 무미건조함과 장식 없음이 연출되고 있었습니다. 만약 그러한 분위기를 연출하는 것이 가능하다면 말입니다. 존재하지 않은 무언가 ── 이것은 절대적 공허로 이해할 수 있습니다만 ── 를 전시하는 일은 아마도 어려운 일이 아닐까요. 백작은 영국 작가, 예컨대 조지 버나스 쇼와 같은 작가를 애독하는 듯했습니다.

제가 수행해야 할 멋진 의무 중 하나는 수많은 램프를 관리하는 일이었습니다. 이 일은 저에게 커다란 기쁨을 주었습니다. 왜냐하면 저는 이 일을 매우 사랑하게 되었기 때문입니다. 매일 저녁, 어둠이 내리기 시작할 무렵 저는 주위를 가득

메운 불확실한 황혼 속으로, 말하자면 어둠 속으로 빛을 비추었습니다. 백작은 아름다운 램프와 램프 갓을 무척 좋아하는 사람이었기에, 이것들은 항상 각별히 세심하게 관리되고 다루어져야만 했습니다. 아름다운 저녁, 제가 방 안을 살금살금 걸어 다닐 때면, 모든 것이 쥐 죽은 듯 고요하고 은은한 분위기로 가득 차 있어, 제게는 성 전체가 마치 마법에 걸린 것처럼 느껴지곤 했습니다. 모든 방이 마법의 방 같았고, 공원은 마법의 공원 같았으며, 저는 조용히, 주의 깊고 조심스럽게 램프 불빛을 들고 있는 저 자신이 마치 마법의 램프나 기적의 램프를 든 알라딘처럼 느껴졌습니다. 어느 날 저녁, 화려한 동양식 양탄자가 깔린 넓고 웅장한 궁전의 계단을 뛰어오르는 알라딘처럼 말입니다. 두 번째로 중요하고 유의미한 임무는 난방을 담당하는 일, 즉 난로를 관리하는 일이었습니다. 날씨가 점점 더 추워지기 시작했기 때문입니다. 이 두 번째 의무와 관련해서 저는 이 일이 저의 마음을 사로잡았다고 말할 수 있습니다. 불을 피우고 지피는 일은 언제나 제 마음에 쏙 들었고, 늘 독특한 방식으로 저를 즐겁게 해 주었습니다. 그러니까 저는 사람들에게, 말하자면 저의 주인 어르신들에게, 업무에 대한 저의 열성 덕분에 그분들이 누릴 수 있었던 램프 불빛 외에도 생기를 불어넣고 즐겁게 해 주는 온기를 선사했다고 할 수 있습니다. 그리고 감히 말하건대, 제가 이 두 번째 직무를 수행하고 집행하는 데는 거의 장인이나 예술가의 경지에 이르렀다고 자부합니다. 이 점에는 논란의 여지가 없었고, 모두가 인정하는 바였습니다. 특히 매력적으로 느껴졌던 것은 벽난로를 관리하는 일이었습니다. 저는 반 시간 동안이나 벽난로 옆 바닥에 쪼그리고 앉아 유쾌하고 재치 있고 우아한 불꽃을 바라볼 수 있었습니다. 그렇게 아름다운 불을 바라보고 있노라면, 끝없는 내면의 평정이 저를 덮쳐 제 안으로 찾아왔습니다. 그리고 제가 그 기이한 존재, 혀를 날름거리듯 활활 타오르는 이 낭만적 실체를 주의 깊게 바라보는 동안 느꼈던 '은밀함'과 '안락함'은 표현한 대로의 모든 의미에서, 그리고 그 말의 진정한 의미에서 저를 행복하게 해 주었습니다. 석탄을 이리저리 끌어 나르는 일에 관해, 거칠고 투박하고 볼품없긴 해도 매우 쓸모 있고 유용한 작은 나무 장작에 관해, 가늘고 약한 소나무 쪼가리들에 관해, 그리고 석탄 창고에서 일할 때면 항상 온몸이 새까맣게 더러워지던 일, 그럴 때마다 청지기가 저를 매양 질책하면서 "토볼트, 당신 꼴 좀 보시오!"라고 말했던 일에 관해 저는 더 이상 길게 말하지 않겠습니다. 그러지 않으면 말이나 암시가 너무 많아질 테니까요.

조용히 내리던 늦가을 비와 성의 공원에서 맞이하던 밤은 때때로 천상의 것처럼 아름다웠습니다. 그런 시간에 저는 꿈을 꾸거나 책을 읽으며 제 방 안의 램프 불빛 곁에 앉아 있었습니다. 창문은 열려 있었고, 온밤의 세계가 마치 친한 친구처럼 저를 향해 슬그머니 방 안으로 들어와서는 제 마음에 용기와 위안 그리고 희망을 불어넣어 주었습니다. 제가 조용히 주의 깊게 책을 읽고 있었을 때 저를 깜짝 놀라게 한 사람은 성미가 거칠고 사나운 폴란드인, 바로 우리 청지기 양반이었습니다. 그는 몹시 슬프고 놀란 눈을 하고서 걱정스러운 얼굴로 이렇게 말했습니다. "책은 그만 읽으시오, 토볼트. 읽지 마시오. 제발, 너무 많이 읽지 마시오. 독서는 건강에 좋지 않소. 당신에게 해가 될 거요, 토볼트. 독서는 일을 할 수 없게 만들 거요. 차라리 자러 가는 게 낫소. 잠이야말로 좋은 것이오. 자는

게 책을 읽는 것보다 더 중요하고 더 낫소."

청지기와 또 다른 한 사람, 그러니까 저 스스로가 씩 미소
지으며 손을 마주 비빌 만큼 흡족하게 해 주는, 최고급 위스키
한 통이 도착했습니다. 그리하여 이 술은 곧바로 이 두 명의
중요하거나 그렇지 않은 인물들에게 엄격하게 검토되고 철저
하게 분석되었습니다. 이에 대해서는 이 몇 마디 말 외에 더
보태는 것을 삼가고자 합니다.

제가 기억하기로, 저는 어느 날 저녁, 다음과 같은 비밀스
러운 글을 썼습니다.

「귀족에 관한 연구」

이 수도에서 떳떳하지 못한 방법으로 수상하거나 반쯤 절
망에 빠진 생활인 행세를 하니, 사람들에게 분노와 불쾌감
을 유발하는 잉여 인간으로 여기저기 서성거리며 돌아다니느
니, 어느 정도 운이 따라 우아한 태도를 보이면서도 착하고 인
내심 많은 사람들에게 짐이 되니, 빈둥거리고 개선의 여지
가 없는 게으름뱅이, 골칫거리, 쓸모없는 인간으로 살아가느
니, 나는 차라리 이곳 D성에서 K백작의 하인으로 살고 싶다.
나는 부지런하고 정력적으로 열심히 일하며, 매일같이 고되
지만 정직한 노동을 통해 일용할 양식을 얻고, 덤으로 귀족과
그들의 관습을 최대한 배우고 있다. 귀족과 그들의 관습을 알
게 되는 일은 대다수 사람에게, 완전히 불가능하지는 않더라
도, 적어도 꽤 어려운 일임이 분명하다. 왜냐하면 귀족들은 성
채에 머물며 접근이 어려운 난공불락의 성안에 앉아 신처럼,

아니 적어도 반신처럼 명령하고 지배하면서 살아가기 때문이다! 내 영혼의 안녕을 걸고 말하건대, 귀족의 거주지는 실로 장엄하다. 귀족의 축사는 가장 아름답고 기운찬 말들로 가득하고, 그들의 관습은 유서 깊고 매우 고귀하다. 그리고 귀족의 서재에 관해 얘기하자면, 나는 귀족의 실내 홀이 사치스러움과 우아함 그리고 부유함으로 넘쳐 나는 만큼이나 그의 서재도 호화 장정본으로 가득하리라고 생각하거나 그렇게 알고 있다. 이 글을 쓰는 나와 같은 하인이야말로 그 누구보다도 싹싹하고 정중하게 귀족의 시중을 드는 자가 아닌가? 그리고 내가 모든 귀족은 금과 은으로 된 식기로 식사한다고 호언장담한다면, 내가 잘못 생각하고 있는 것일까? 백작이 아침 식사를 하는 모습을 지켜보는 일은 괴롭고 충격적인 일이다. 그러므로 아침 식사 중인 백작을 방해하는 무모한 짓을 저지르지 않도록 조심하는 것은 분명 현명한 행동이리라. 귀족은 보통 무엇을 먹고 싶어 할까? 내 생각에 이 어렵고 미묘한 질문에 대한 가장 간단하면서도 유쾌한 대답은 아마 다음과 같을 것이다. 귀족은 달걀을 곁들인 베이컨을 즐겨 먹는다. 그 밖에도 각종 맛있는 잼이라는 잼은 다 먹어 치운다. 이제 전혀 예상하지 못했기에 어쩌면 조금 당혹스러울 수도 있는 질문을 던져 보자. 귀족은 무엇을 읽는가? 우리는 다음과 같은 분명한 답이 정곡을 찌르기를 바란다. 그들은 받지 못한 편지 외에는 거의 읽지 않는다. 그러면, 어떤 음악이 귀족의 취향에 가장 맞을까? 만약 그분께서 이에 관해 우리에게 친히 알려 주시는 은혜를 베풀어 주신다면 말이다. 답은 아주 간단하다. 그야 당연히 바그너의 음악이다. 귀족은 하루 종일 무엇을 하고, 무슨 일에 몰두하는가? 분명코 당황스러우면서도, 사실 너무 자명해서 결코 불쾌감을 줄 리 없는 이 질문에 대해 우리는 이렇게 대답할 수밖에 없다. 그는 사냥하러 간다고 말이다. 그렇다면 귀족 여성들은 무엇으로 자신을 알맞게 돋보이도록 할까? 민첩하고 우아한 시녀가 곧장 달려와서 이렇게 대답한다. "제가 많은 말씀을 드릴 수는 없지만, 이 정도는 말씀드릴 수 있어요. 공작 부인들은 보통 위엄 있는 육체적 풍만함을 드러내고, 남작 부인들은 대개 온화하고 매혹적인 달밤처럼 아름다워요. 공주님들은 거의 예외 없이 건장하고 체격이 좋다기보다 홀쭉하고 야리야리하고 마른 체형이에요. 백작 부인들은 담배를 피우며 지배적인 성향을 보이곤 합니다. 반면에, 후작 부인들은 다정하고 겸손하지요."

저는 이 짧고 간결한 논문을 열성적으로 서둘러, 어느 유력 일간지의 편집부에 보냈습니다. 하지만 그 노력은 무용지물로 판명되었습니다. 이 정신적 산물은 결국 인쇄되지 않았고, 아마도 온갖 낭비된 노력을 덥석 물어 삼키는 쓰레기통으로 들어갔을 것입니다. 작가는 당연히 이러한 상황을 진정으로 유감스럽게 여겼지만, 절대로 분노하지는 않았습니다. 그는 결코 자신이 위대한 작가가 되어야 한다고 생각하지 않았기 때문입니다. 어느 날, 마침 할 일이 없다고 느끼던 참에 너른 홀의 놀이용 탁자 위에 놓여 있던 일지를 뒤적이다가, 백작의 손님들이 즐겨 서명하던 그 일지에서 밴더빌트라는 이름을 우연히 마주쳤던 일을 보고하자니, 제 머릿속에 북미 대륙이 떠오릅니다. 이는 저를 매우 놀라게 한 만남이었습니다.

여기서 제가 놓치지 않고 말해 두고 싶은 점은, 우리 백작님께서 우리 모두에게 자연스럽게 보여 주었던 냉정함과 오만함에도 불구하고, 그리고 그가 주변 사람들에게 느끼게 했거나 혹은 특별한 이유로 느끼게 하고자 했던 어떤 무정함에도 불구하고, 저는 언제나 그가 무척 마음에 들었다는 사실입니다. 저는 그가 고귀하고 선한 성품을 지니고 있으며 아름다운 마음을 지닌 사람이라고 항상 여겨 왔습니다. 제가 그를 존경했다는 것은 자명한 사실입니다. 그 반대는 불가능했을 테니까요. 백작은 타고난 성향 때문이든 습관화된 성향 때문이든 자신을 실제보다 더 무정하고 사악하며 추악하게 보여주려는 부류의 사람이었습니다. 반면, 이와 달리 천박한 영혼들이 종종 인간적이고 친절하게 보이려 애쓰는 모습을 볼 수 있습니다. 그러는 이유는 그들에게 온화하고 동정 어린 태도가 어떤 이득을 가져다주기 때문입니다. 백작은 그런 술수들을 경멸했습니다. 그는 스스로를 마치 구세주인 양 가장할 필요가 없었습니다. 백작 같은 사람들은 모든 기만을 배척합니다. 그들에게는 불순하거나 음습한 면모, 겉과 속이 다른 음험함, 위선적인 사기꾼 기질이 전혀 없습니다. 그들은 진정 어느 모로 보든 결코 사랑스럽거나 상냥하지 않지만, 그 대신 그들의 모습과 태도는 신뢰할 만합니다. 그들의 외모는 결코 넉넉한 아름다움이나 선함을 약속하지 않지만, 그렇기에 기만하거나 속이는 법이 훨씬 적습니다. 때로는 그들의 무뚝뚝하고 거친 입에서 황금처럼 아름답고 선하며 귀중한 말 한마디가 튀어나올지도 모릅니다. 그때 우리는 문득 그들이 누구이며 어떤 사람인지를 깨닫게 됩니다.

11월이 되어 사냥철이 시작되자 성은 활기를 띠었습니다. 손님들이 드나들고, 거대한 건물 안은 종종 사람들로 넘쳐 났습니다. 하인들은 이따금 아무 할 일이 없다가도 돌연 다시 할 일이 한껏 들이닥치는 형편이었습니다. 성안은 때때로 꿈결처럼 고요했다가도, 별안간 더없이 활기찬 생기가 복도와 홀을 거듭 휘감곤 했습니다. 어느 순간, 여인들이 자신감 넘치고 당당한 모습으로 등장했습니다. 주의를 기울여, 지혜롭게, 부지런히 일해야 하는 상황이었습니다. 청지기는 계속 흥분한 상태로 이리저리 움직였고, 시종장은 놀랍도록 당당한 자신의 위엄을 드러냈습니다. 한번은 비서가 남작 부인 H에게, 자기 이름으로 레모네이드 한 잔을 그 여인의 방에 가져다 달라고 제게 부탁한 적이 있습니다. 이 섬세하고 까다로운 임무는 저를 무척 즐거운 매혹으로 이끌었습니다. 저는 서둘러, 그러면서도 당연히 매우 엄숙하게 음료를 그 아름다운 여인에게로 가져갔습니다. 그 여인은 마치 신선한 우유로 빚어진 듯 보였습니다. 남작 부인 H는 정말로 이례적인 미인이었는데, 날씬하고 키가 크면서도 부드럽고 풍만했습니다. 니체가 작은 체구에 볼품없는 여성은 결코 아름다울 수 없다고 얘기했다는데, 확실히 옳은 말 같습니다. 저는 방으로 들어가, 제가 그야말로 숭배하던 남작 부인에게 레모네이드를 건네며 다음과 같이 말했습니다. 이것은 겉으로 보기에 매우 신중하고 세심하게 선택된 말처럼 들렸을 수도, 혹은 극도로 경솔하고 과장된 말처럼 들렸을 수도 있습니다. "저처럼 하찮고 무가치한 사람을, 그러나 행복하고, 어쩌면 더할 나위 없이 행복한 사람을 한 잔의 레모네이드와 함께 여기 계신 남작 부인께로 보내신 분은 바로, 지금 이 순간에 역시 행복하거나 더없이 행복한 비서님이십니다. 저는 이 음료를 세상에서 가장 아름다운 여성분께 전해 드리기 위해 왔고, 또한 그분께서 원하신 바를 청해 드리고자 합니다. 비서님께서 저에게 명하시기를, 자신이 은혜로우신 부인께 수천 번이라도 전심을 다해 헌신할 수 있도록 허락해 주시길 간청한다고 전하라 하셨습니다. 지금 이 순간 비서님께서 어디 계시는지는 모르겠지만, 그분이 이 시각 또는 이 순간 어디에 계시든, 어떤 중요한 일로 바쁘시든 간에, 비서님은 생각 속에서, 아마도 귀족의 엄격한 예의범절에 비추어 보았을 때 적절한 수준 이상으로, 더욱 격정적으로 남작 부인의 손에 입을 맞추고 계실 것입니다. 왜냐하면 그분은 매 순간 자신을 은혜로운 부인께 순종하는 사람, 어떤 일이든 불사하는 기사이자 경호원 그리고 하인이라 느끼고 계시기 때문입니다. 남작 부인의 아름답고 선한 두 눈이, 보시다시피, 놀라움과 약간의 경이로움을 담은 채 이 보잘것없는 전령이자 하찮은 전달자를 응시하고 계시는군요. 이 전령은 행복에 도취한 자들의 언어를 구사하고 있습니다. 왜냐하면 그에게 사랑스러움, 자비 그리고 아름다움 그 자체이신 남작 부인을 직접 모실 기회가 주어졌기 때문입니다. 남작 부인께서는, 정말이지 부인 앞에 다가가는 모든 이를 행복하게 해 주십니다. 사정이 이러하니, 제가 감히 늘어놓은 연설과 또 황홀히 취해 버린 어조는 어느 정도 용서받을 수 있을지도 모르겠습니다."

제가 방금 주제넘고 사랑에 빠진 연설을 실제로 했는지, 아니면 그저 상상하거나 꿈꿨을 뿐인지, 혹은 정말로 입 밖에 내었는지는 확실하지 않습니다. 어쨌든 제 기억에 또렷이 남아 있는 것은, 그 아름다운 여인이 유난히 아름답고 부드러운 눈빛으로 저에게 극도로 친절하고 호의적이며 편안한 시선을 보내 주었다는 사실입니다. 또한 그녀는 저에게 무척 정중한 감사의 말을 짧고 친절하게 건넸는데, 그 말은 제게 일종의 전리품과도 같았습니다. 저는 그 사랑스러운 전리품을 소중히 간직한 채로, 깊이 허리 숙여 인사하고 물러났습니다. 이와 반대로 방 안을 초조하고 불안하게 이리저리 돌아다니던, 다소 불쾌하고 전혀 쓸모없어 보이던 한 남자는 친절하기는커녕 무뚝뚝하고 곱지 않은 시선으로 저를 쳐다보았습니다. 저는 그가 아름다운 남작 부인의 부군이 아닐까, 생각했습니다. 그는 제가 그의 부인 곁에서 감히 지어 보였던 행복하고 즐거운 표정 때문에 어쩌면 저를 당장이라도 두들겨 패 버리라, 하고 싶었을지 모릅니다. 나중에 비서가 저에게, 남작 부인이 레모네이드 잔을 건네받은 뒤 어떤 반응을 보였는지 물었을 때, 저는 이렇게 대답했습니다. "정말 매혹적이었어요! 그녀는 매력적인 여인이고, 그녀의 미소는 마치 입맞춤과 같으며, 두 눈은 이루 말할 수 없이 아름답습니다. 남작 부인께서는 비서님께서 보여 주신 친절함에 대해 깊이 감사드린다고 전해 달라고 하셨습니다." 이 말에 비서는 무척 만족해했습니다. 비서에 대해 덧붙여 말하자면, 그는 피아노를 아주 잘 쳤습니다. 그래서 저는 속으로 그를 좋아하게 되었습니다. 자신의 기술이나 재능, 학문 또는 지식을 통해 우리에게 기쁨을 가져다주는 사람을 좋아하면 안 될 이유라도 있을까요?

크고 부드러운 눈송이를 이룬 첫눈이 성 안뜰에 내려앉았고, 저는 그 광경에서 일종의 비밀스럽고 독특한 기쁨을 느꼈습니다. 우리 존경받는, 아니 매우 존경받는 귀족 어르신들은 종종 완전히 흠뻑 젖은 채 외출에서 돌아오곤 했습니다. 눈과 비는 실상 너무 무례하고, 막돼먹고, 버릇없고, 조야하며 세련되지 못한 녀석들이라, 이 녀석들에게는 무슨 수를 써도, 아무리 애를 써도 고귀한 혈통과 높은 사회적 지위 그리고 계급과

부(富)에 대해 각별히 신경 써야 한다는 사실을 각인할 수 없는 듯했습니다. 높으신 분들에 대한 꼭 필요한 정도의 섬세함을 갖추지 못하면 그 즉시 어리석게도 그분들과의 관계를 철저히 망치게 된다는 사실 역시 말입니다. 그렇지만 바람과 날씨는 호의나 쾌적함을 신경 쓰지 않습니다. 마치 왕처럼 자유롭고 독립적이기 때문에, 그들은 언제든지, 얼마든지 무자비하게 행동할 수 있습니다. 아무도 험악한 날씨가 폭풍우를 몰고 오고 진흙탕을 만들어 내는 것을 언짢아하지 않습니다. 이 상황에서 화를 낸들 완전히 무의미하다는 사실을 모두가 알고 있기 때문입니다. 여인들과 신사들은 집으로 돌아오자마자 곧장 홀에서 차를 마셨습니다. 그 차는 우리, 재빠르고 능숙한 하인들이 열성적이고 우아하게, 가장 세련되고 신속하며 최상의 방식으로 내온 것이었습니다. 그렇게 모두가 다시 유쾌해지고 따뜻해지며 활기를 되찾게 하기 위해서였지요. 그리고 단 한 명의 귀족 자제라도, 아니 심지어는 절반쯤의 귀족 자제라도 감기에 걸리지 않도록 하기 위해서였습니다. 사람들 무리 가운데에는 상류층 귀족들이 자리해 있었고, 궁정 극장의 감독이나 대표도 있었습니다. 하지만 상인과 산업 종사자는 거의 찾아볼 수 없었지요. 그들은 다른 일로 매우 바쁘다는 점이 눈에 띄었습니다. 이러한 사실은 우리 하인들에게 전혀 상관없는 일이었습니다. 우리는 결코 사회적이거나 정치적인 관심사를 가질 수 없었으니까요. 우리에게 가장 많고, 가장 두둑한 팁을 준 사람이야말로 우리의 황제였습니다. 저에게 매력적이고 흥미로웠던 것은 단지 몇몇 것들이 아니라, 사실 모든 것이었습니다. 저는 마치 성이 제 것인 양 그곳을 사랑하게 되었습니다. 이상하게도 내면에서 솟아나는 즐거움이 저를 거의 폴짝 뛰게 했고, 저로 하여금 모든 사람과 모든 대상을 진심으로 그리고 온전히 즐거운 마음으로 사랑하고 환영할 수 있게 해 주었습니다. 저는 제가 본 모든 것이 아름답고 선하게 느껴졌으며, 날마다 겪었던 불편함과도 금세 화해했습니다. 이 방법은 거칠고 불친절한 모든 것과 친구가 되려 하거나, 적어도 그러한 것을 이해하려고 노력하는 것이었습니다. 이는 틀림없이 저에게 유익하기만 한 방법이었습니다.

성대한 주요 만찬이나 저녁 연회가 시작되기 직전이면 복도, 계단, 홀 그리고 특히 식당과 식당에 인접한 방들은 좋은 향기가 나는 연기로 자욱해야 했습니다. 이 임무는 이 글을 쓰는 저자이자 필자인 저의 보잘것없는 어깨에 지워진 의무였습니다. 그러고 나면 성안은 마치 『천일 야화』에 등장하는 동화 속 풍경처럼 황홀하게 향기로워졌고, 그 향기는 매혹적이고 우아한 뱀처럼 성의 모든 공간을 구불구불 지나다니며 불쾌한 냄새와 주방의 고약한 악취를 완전히 몰아냈습니다. 성대한 만찬이 열리는 날이면 성 전체가 사랑스럽고 행복한 비현실로 충만한 아름다운 꿈과 같았습니다. 거대한 드레스들과 길게 늘어진 옷자락들이 홀과 복도를 사락사락 소리를 내며 쓸고 지나갔습니다. 식사가 시작되기 전에 제가 잘 안다고 생각했던 한 사람이 커다란 스위스 종, 혹은 소 방울을 흔들며 이목을 집중시켰습니다. 그 소리는 크고 아름답게 울려 퍼지며 손님들에게 곧 중요한 행사와 성대한 연회가 시작되리라는 사실을 알렸습니다. 맙소사, 저는 이 모험적인 종소리, 이 깊고도 아름다운 울림에 매혹되었습니다. 종소리가 울리자 모든 문이 열리고, 참석한 모든 사람들은 화려하게 치장하고 차려입은 채로 식사와 담소의 즐거움을 나누기 위해 모여들었습니다. 양초 불빛, 흩뿌려진 꽃, 반짝이는 유리잔들과 접시들, 붉어진 얼굴들, 모차르트의 선율과 밝고 쾌활한 웃음소리로 가득한 식당과 만찬은 이따금 저에게 참으로 경이로워 보였습니다. 하지만 지면과 종이가 부족한 관계로 많은 이야기를 할 수는 없을 듯합니다. 이곳의 공간은 마치 건축 부지처럼 귀하고 값비싸니, 저는 절제하고 자제하고자 합니다. 바라건대 그것은 제가 힘들이지 않고 할 수 있는 일이겠지요.

휜히 드러나고, 아름답게 드러내 보인 부드럽고 하얀 여인의 가슴은 결코 저에게 불편한 광경이 아니었습니다. 오히려 이와 같은 자연의 장관은 언제나 저에게 생기를 불어넣고 저의 기분을 상쾌하게 해 주었습니다. 촛불은 이러한 장관 위로 밝고 친근한 빛을 내리쬐며, 그 광경을 어느 정도 완성시키는 듯했습니다. 한번은 큰 오찬, 아니 만찬 도중에 저는 참담하고 충격적인 실패를 겪었습니다. 겨자소스를 백작 부인의 드레스 위로 떨어뜨리는, 절대 용서받을 수 없는 어리석은 짓을 저지르고 만 것이었습니다. 불운한 저를 향한 백작 부인의 무자비한 시선은 마땅히 받아야 할 벌이었지만, 그런 시선을 받았다고 해서 그 불운한 자가 오랫동안 완전히 파멸당한 기분에 빠져 있어야만 했던 것은 아니었습니다. 그런데 다른 때에 그 패배가 큰 승리로 멋지게 보상받았습니다. 말하자면, 이번 성공은 어느 무해한 나무 벌레 덕분이었고, 매우 눈부시고 결정적인 성공이었습니다. 저는 식사 자리에서 시중을 들던 중, 눈처럼 하얀 식탁보 위로, 그리고 숙녀의 고운 손 가까이에서 기어가는 벌레를 남은 한 손으로 노련하게 붙잡거나 낚아채는 데 성공했던 것입니다. 이어서 무고하고 불쌍한, 그렇지만 어쩌면 약간 끔찍한 그 동물은 벽난로의 불길 속으로 떨어졌고, 거기서 분명 불타 죽었을 것입니다. 백작님께서도 저의 장인적 솜씨를 목격하셨고, 동의와 찬사가 담긴 고갯짓을 하셨습니다. 고백하자면, 저는 이 나무 벌레 사건 덕분에 그날 저녁 내내 행복했습니다. 작고 우연한 저의 행운을 기회로 제가 정당하게 드러내 보인 자부심을 목도한 청지기는 진심으로 저를 질투했습니다. 사소한 일이 종종 인간의 삶에서 중요한 역할을 하지 않습니까? 제 생각에는 그렇습니다!

제가 평범한 하인으로서 마법 같은 식사 장면을 주의 깊게 바라볼 때면 — 저에게는 언제나 짧은 휴식 시간이 주어졌기에, 그럴 기회는 충분했습니다. — 저는 마음속으로 속삭이듯 혼잣말을 하곤 했습니다. 저 식탁에 앉아 저마다의 역할을 연기하는 이들 중 누구와도 자리를 바꾸고 싶지 않다고 말입니다. 왜냐하면 먹고 마시는 이들을 그저 관심 있게 바라보는 일이 멋지다고 느꼈기 때문입니다. 게다가 만약 저 자신이 그 즐거움과 행복에 참여하게 된다면, 제가 가장 고귀하다고 여기는 아름다운 전체적인 조망을 완전히, 또는 적어도 절반은 잃어버릴 것이 분명했기 때문입니다. 이런 방식으로 저는 항상 제 가치, 지위 그리고 삶의 즐거움을 인식했고, 제가 구현하는 이 소박한 존재가 대단히 기쁘게 느껴졌습니다. 분명 환한 빛보다는 희미한 그늘을 더 사랑하는 사람들이 있습니다. 그들은 그 그늘을 무척 자애롭게 여기며, 그 안에서 심오한 경향에 따라 우리가 태어나기 전부터 존재해 온 세계로 되돌아간 듯, 가장 안전하고 가장 신뢰할 수 있는 보호를 받는다고 느낍니다. 저는 언제나 찬란한 웅장함과 광채를 기꺼운 마음으로 바라보았습니다. 그러나 제 자신은 예전부터 소박함으로 가득한 조용한 배경으로 물러나, 그곳에서 밝게 빛나는 광경을 기쁜 눈으로 들여다보고 우러러보기를 원했습니다.

한번은 제가 뜻하지 않게 귀중하고 오래된 찻잔 하나를 떨어뜨려 깨트린 일이 있었습니다. 그 어리석은 짓, 아니 그 끔찍한 불운의 사고를 저는 주저 없이 당장 성미 고약한 청지기에게 보고했습니다. 그는 매우 심각한 표정을 지으며 말했습니다. "이거 참 큰일이군, 아주 끔찍한 일이오, 토볼트. 당신은 몹시 나쁜 짓을 저지른 거요. 그래도 당신이 이 불상사와 당신의 서투른 행동을 오래 숨기거나 얼버무리지 않고 바로 나에게 알린 것은 현명하고 잘한 일이오. 어쨌든 그런 태도 덕분에 사고의 중대함이 한결 가벼워졌소. 당연히 백작께서는 즉시 이 사실을 아셔야 하오. 이 점은 각오하고 있어야 할 것이오. 보아하니 이미 각오하고 있는 것 같군. 하지만 걱정은 마시오. 이 일로 목이 달아나지는 않을 거요. 백작께서는 식인종이 아니시니까. 분명 용서해 주실 거요. 그리고 여기 그분의 집 안에서 어느 누구도 그분의 찻잔이나 접시를 일부러, 악의적으로 깨뜨리고 산산조각 낼 리 없다는 사실을 이해하실 거요. 명백히 부주의가 아닌, 그저 불운한 사고였다는 점을 백작께서도 이해하실 거라는 말이오. 자, 이제 끝이오! 어서 일하러 가시오!"

나이 든 성의 야간 경비원, 안타깝게도 설탕을 훔쳤다가 가련한 죄인이 되어 감옥에 갇히거나 수감된 비통한 심정의 마을 이발사, 프랑스어를 대여섯 마디 정도 할 줄 알았지만 그 이상은 결코 구사할 수 없었던, 그럼에도 그 작고 보잘것없는 능력을 자랑스럽게 여기던 주무관 선생, 허영심이 많다는 점 외에 더는 할 말이 없는 마을의 미인 두 명, 춤출 수 있는 술집과 경쾌하고 대담한 혁명 무도회, 또는 아양을 떨 듯 흥겨운

취주악이 울려 퍼지던, 거기다 플루트와 바이올린도 빠지지 않았던 저녁 무도회, 상류층과 하류층을 위한 구역이 따로 나뉘어 있던, 담배 연기로 가득한 마을 술집, 아름답지만 안타깝게도 다리가 마비된 술집 주인의 딸, 그녀는 자신의 장애를 감동적인 얼굴 표정으로 벌충했지요. 대장장이, 목수 그리고 교사 한 명도 있었습니다. 교사는 부랑자들과 하인들, 가엾은 시종들 그리고 우리들 중에서도 악한과 불량배를 지나치게 경멸 어린 시선으로 내려다보려 했으나, 그 시도는 그다지 성공적이지 않았습니다. 비참하고 초라한 병상에 누워 있던 가난하고 병든 날품팔이 여인, 노랗게 물든 가을 나뭇잎들과 이후에 흩날리던 눈송이들, 항상 넓고 쾌적한 마을 거리를 어슬렁거리던 거위들, 교회와 목사관 그리고 목사님 자신. 한 남자 혹은 술집 주인도 있었는데, 그는 반쯤 범죄자이자 복역수로, 바보같이 얼굴에 겨우 하나뿐인 외로운 눈을 가지고 있었습니다. 그 눈은 일종의 코 또는 코 비슷한 무엇인가 위에 달려 있었지요. 아름답고 온전한 두 눈을 내보여야 했을 텐데 그러지 못했던 것은, 다시 말하지만, 그의 참으로 부족하고도 바보같은 점이었습니다. 상당수의 싸움꾼들도 있었는데, 그들은 석공, 도배공, 마구간지기 같은 사람들이었습니다. 붉은색 커튼, 몇 가지 장식들, 수북이 내린 눈, 훌륭하고 생기발랄한 춤꾼이었던 폴란드 출신의 아우구스트, 남자 요리사와 여자 요리사 그리고 마부, 창백하고 음흉하며 간사한 한 시녀, 성의 정원사. 그리고 이제 다시 한번 더 높은 지위와 계층으로 올라가 귀족들에 대해 얘기하자면, 백작 부인 J 또는 제가 "해골 백작 부인"이라 부르기로 했던 분이 떠오릅니다. 왜냐하면 그녀는 저뿐만 아니라, 아마도 다른 많은 사람들마저 몹시 겁에 질리게 했기 때문입니다. 한번은 해골 백작 부인에게 중요한 서신을 전달해야 했는데, 이 대담한 시도를 하는 동안 저는 그 기이한 여성의 유령 같은 모습에 너무 놀라 거의 정신을 잃고 바닥에 쓰러질 뻔했습니다. 이 일은 영원히, 아니면 적어도 상당히 오랫동안 제 기억 속에서 잊히지 않을 것입니다. 그리고 또 다른 유령들, 암사자와 수사자, 곰, 늑대, 여우, 음흉하고 짓궂은 사람들, 부차적인 인물들, 안개처럼 모호한 형상들이 이 자리에서 언급되고, 상세하게 기술되고, 칭송되고, 묘사되면 좋겠습니다. 하지만 저는 그렇게 할 수 없습니다. 더 이상의 설명 때문에, 다소 기이하고 멋진 이 이야기의 진행이 지체되어서는 안 되기 때문입니다. 오히려 저는 잔해, 쓰레기, 파편 그리고 폐허 더미와 같은 이 모든 흥미로운 것들을 힘차게 휩쓸고 그 위로 지나가야만 합니다. 그래야 이야기가 계속될 수 있을 테니까요.

저는 날이 갈수록 섬기는 일이 점점 더 쉬워진다는 사실을 알아차리게 되었습니다. 이는 제가 날마다 더 많은 능숙함과 신중함을 익혔기 때문이고, 시간이 흐르면서 노련함 또한 전혀 부족하지 않았기 때문입니다. 여기서든 저기서든 부지런한 연습이 장인을 만든다는 것은 잘 알려진 사실입니다. 제가 감당해야 했던 모든 일들은 마치 꿈꾸거나 놀이하듯 저절로 제 손에서 흘러나왔습니다. 계단에서의 잡담이나 뒷문에서 벌어지는 사소한 일들에는 전혀 끼어들지 않았습니다. 아니면, 아주 드물게나 그랬을 것입니다. 중상모략은 성이라든지 여느 대형 기관 또는 시설에서 흔히 일어나는 일이니까요. 때로는 요리사가 저를 부추겨 청지기와 맞서게 하려 했고, 때로는 청지기가 저를 부추겨 요리사와 맞서게 하려 했습니다.

하지만 모든 당파 싸움이나 계급 간 투쟁은 저를 냉담하게 만들었습니다. 왜냐하면 저는 그런 일들에 전혀 흥미를 느끼지 못했기 때문입니다. 그러나 어디서든 고상하고 아름답고 이성적인 싸움을 벌여야 한다면, 저는 때에 따라 이러한 싸움에 기꺼이 참여할 의향이 있었습니다. 그러면 안 될 이유라도 있을까요? 예를 들어, 선한 자들이 악한 자들과 맞서는 싸움, 호의적인 자들이 악의적인 자들과 맞서는 싸움, 민감하고 유연한 자들이 완고하고 둔감한 자들과 맞서는 싸움, 깨어 있는 자들이 무지몽매한 자들과 맞서는 싸움, 성실하게 일하는 자들이 아무것도 하지 않으면서 늘 상위에 있는 자들과 맞서는 싸움, 또 무고한 자들이 교활하고 간사한 자들과 맞서는 싸움. 이런 싸움이라면 제가 참여하고 싶은 전투일 수도 있을 텐데, 그런 상황에서는 주먹질과 구타가 비 오듯 쏟아졌을지도 모릅니다. 더 많이 쏟아질수록 더 좋았을 것입니다. 하지만 사소한 적대에 휘말리는 것은, 다행히도 제 사랑하는 부모님께서 저에게 심어 주신 존엄에 전혀 걸맞지 않는 일이었습니다. 저는 일을 열정적으로 사랑했고, 거의 아무 생각 없이, 마치 기계처럼 일을 해냈습니다. 가끔 제 감각과 두 눈 앞의 주변이 꿈으로 변하려는 듯 느껴질 때, 저는 돌연 스스로에게 "지금 내가 대체 어디에 있는 거지?"라고 묻곤 했습니다. 때로는 무슨 이유에선지, 저 자신이 백작 성의 본래 영웅인 것 같은 기분이 들었습니다. 물론, 그런 생각에 대해 깊이 따져 보지는 않았습니다. "그동안 나는 어디에 있었고, 지금은 어디에 있으며, 앞으로는 어디에 있게 될까?" 이런 질문들과 이와 유사한 질문들이 이따금 애매모호함 속에서 튀어나와 거대하고 불명확한 모습으로 저에게 다가오곤 했습니다. 하지만 제가 이미 말씀드린 것처럼, 저는 별다른 생각을 하지 않았고, 제가 실망하거나 낙담할 수 있을지에 대해 결코 자문하지 않았습니다. 그런 점에서 저는 저 자신을 이례적일 정도로 냉정하게 대하는 데 익숙해졌습니다. 자유롭고, 평온하고, 편견 없이, 그래서 아무런 간섭도 받지 않고 걱정 없는 마음으로 제 일을 수행했고, 그렇게 저 자신의 생각과 방식대로 제 의무를 다했습니다. 이러한 방식 덕분에 저는 제 자신이 한층 고양된 것 같았습니다. 감히 말하건대, 잠시라도 주시하거나 생각할 가치조차 없다고 여겼던 제 고유한 인간성 너머로 저 스스로가 드높여진 듯 느꼈습니다. 저는 섬기고, 봉사하고 있었습니다! 그렇다면 제 상황은 괜찮은 것이었고, 그런 점에서 저 자신도 아무 문제 없이 괜찮았습니다. 삶은 우리가 아무런 요구 없이 살 줄 알고, 개인적인 소망과 갈망을 잊거나 뒤로 미루는 법을 배운 뒤에야 비로소 진정으로 아름다워지는 것이 아닐까요? 그 대신 우리는 선의로 충만한 해방된 가슴으로 어떤 계율이나 확고한 섬김에 헌신하고, 우리의 행동으로 사람들을 기쁘게 하며, 온화하면서도 과감하게 아름다움을 포기하는 법을 배워야만 합니다. 왜냐하면 제가 하나의 아름다움을 포기할 때, 그 입증된 선의와 친근하고 생동감 있게 느껴지는 체념에 대한 보상으로 완전히 새롭고, 여태껏 결코 예감하지 못했던, 천배는 더 멋진 아름다움이 저에게 날아올 테니까요, 안 그런가요? 그리고 제가 자유 의지에 따라, 용기와 연민에 힘입어 더 고상한 마음가짐으로 고양되어 하늘을 포기할 때, 저는 올바른 행동에 대한 보상으로 마침내 더 아름다운 하늘로 날아오르게 되지 않을까요? 아무튼 여기서 잠깐 언급하자면, 종종 제 야전 침대는 교활하게도 가장 깊은 잠과 가장 사랑스러운

꿈을 누릴 때, 저를 놀리고, 조롱하고, 갑작스레 튕겨 일으키
곤 했습니다. 저는 주로 아주 격렬하고 강렬하며 멋진 이야기
에 대한 꿈을 꾸었습니다. 호랑이, 괴물, 계단을 질주해 올라
가는 기마병들, 표범, 총소리, 장미, 물에 빠져 허우적거리는
사람들, 속닥거리며 배신을 꾀하는 악당들, 물론 사랑스러운
천사 같은 얼굴들과 형상들도, 환상적인 푸른 덤불, 색채와 음
률 그리고 입맞춤, 폐허와 죽음을 두려워하지 않는 기사들, 여
인의 두 눈과 손, 다정함과 애정 어린 손길, 또 신비로 가득하
며 절대 그치지 않는 즐거움과 행복, 황홀함을 꿈꾸었습니다.
어쩌면 잠자리에 들기 직전에 부주의하게 마시곤 했던, 귀족
또는 백작의 진한 커피 덕분에 저는 더욱 선명하게 꿈의 환영
들을 보고, 갖가지 아름답고 선한, 혹은 악한 목소리를 듣고,
때로는 가장 끔찍하고, 때로는 가장 사랑스러운 것들을 잠결
에 경험할 수 있었던 것 같습니다.

어느 날 저녁, 날이 어두워지기 시작할 무렵이었습니다.
저는 머릿속으로 뭔가에 열중하던 중이었고, 마치 생각에 잠
긴 듯 보였지만, 실상은 아주 명료하고 자유로운 정신으로, 익
숙한 복도 창문 하나를 통해 찬란하게 빛나는 샛별이 창백하
고 승화된 하늘에서 저를 향해 반짝이는 모습을 보았습니다.
조용히 발걸음을 옮겨 서재로 들어섰을 때, 저는 한 손에 이제
막 읽은 듯 보이는 편지를 들고 고요히 책상 앞에 앉아 있는
후작 부인 M을 알아보았습니다. 그녀는 온통 검은색 옷차림
을 하고 있었습니다. 마치 엄숙한 복장을 통해 스스로가 숭고
하고도 완전히 새로운 슬픔에 잠겨 있다는 사실을 알리려는
듯 보였습니다. 그녀의 얼굴은 창백했고, 아름답고 위엄 있는
머리 위, 어두운 빛깔의 풍성한 머리카락 안으로 왕관 하나가

눌러 씌워 있었는데, 그것은 제가 조금 전 창문을 통해 바라보았던 빛나는 별과 유사하게 황혼 속에서 아름답게 반짝이고 있었습니다. 알 수 없는 어딘가, 아득히 먼 곳을 향한 듯 보이던 후작 부인의 커다랗고 의미심장한 두 눈은 눈물로 가득 차 있었습니다. 저는 그 아름다움에 압도되어 저도 모르게 발걸음을 멈추었습니다. 후작 부인은 저를 보았을 것입니다. 아주 자연스러운 일이지만, 그녀는 저를 전혀 신경 쓰지 않았습니다. 아름다운 광경은 언제나 저를 대담하게 해 주었기에, 저는 특유의 대담함에 사로잡혀, 그 아름다운 여인에게 당연하게도 다음과 같이 말해야 한다고 생각했습니다. "후작 부인들도 눈물을 흘리십니까? 저는 지금까지 줄곧 불가능한 일이라 여겨 왔습니다. 저는 항상 이렇게 생각해 왔습니다. 이토록 지체 높으신 부인들께서는 결코 그분들의 맑고도 순수한 두 눈을, 투명하고도 광채 가득한 창공 같은 눈빛을, 항상 굳건한 그분들의 얼굴 표정을 일그러뜨리는 불결한 눈물로 더럽히지 않으시리라고 말입니다. 왜 울고 계시나요? 후작 부인들마저 우신다면, 가령 부유하고 힘 있는 사람들이 균형을 잃고, 자부심 넘치는 당당한 태도를 잃고, 낙담해서 깊은 피로에 빠진다면, 그때 사람들은 뭐라고 말할 수 있을까요? 그리고 어떻게 놀라지 않을 수 있을까요? 구걸하는 사람들이 고통과 비참함 속에서 몸을 웅크리는 모습을 본다면, 가난하고 억압받는 사람들이 절망 속에서 비탄으로 가득한 손을 비비며 그저 계속되는 탄식과 신음 속에서, 눈물의 홍수 속에서 허우적거리는 것 말고는 달리 어쩔 도리가 없는 모습을 본다면, 그때는 또 뭐라고 말할 수 있으며 어떻게 놀라지 않을 수 있겠습니까? 결국 혼란과 시련으로 파괴된 이 세상에서 확고한 것은 아무것도 없어요. 모든 것이, 모든 것이 연약해요. 그렇다면, 저는 언젠가 기꺼이 죽음을 맞이하여 희망 없고, 병들고, 취약하고, 불안으로 가득 찬 이 세상과 기쁘게 작별하고자 합니다. 그리고 활력을 주는 사랑스럽고 다정한 무덤 속에서 모든 불확실함과 곤궁함으로부터 벗어나 편히 쉴 것입니다."

큰 소리로 이야기했기 때문에 제가 말한 모든 것을 똑똑히 들었던 후작 부인은 눈을 크게 뜨고, 한동안 놀란 듯한 표정으로 저를 바라보았습니다. 그녀의 시선은 매우 진지했는데, 절대 무뚝뚝하거나 불친절하지 않았습니다. 오히려 거의 다정하기까지 했습니다. 확실히 선의로 충만한 눈길로, 말하자면 거의 우정 어린 시선으로 저를 바라보던 것입니다. 잠시 침묵이 흐른 뒤, 후작 부인은 저에게 물었습니다. "당신의 이름은 무엇인가요?" 저는 "토볼트입니다."라고 대답했습니다. 그녀는 생각에 잠긴 두 눈을 제게 고정한 채 말했습니다. "당신은 선하고 진실된 말씀을 하셨어요." 이상하게도 엄숙한 순간이었습니다. 그때 마침 발소리가 들려왔고, 급히 다가오는 것 같았으므로 저는 당장 그곳을 떠났습니다. 후작 부인 앞에서 한가로이 서 있는 모습은 결코 좋은 인상을 주지 못할 터였고, 도리어 제삼자에게 의심을 살 수도 있다고 생각했기 때문입니다. 게다가 이미 말했듯이, 날이 어두워져 이제 램프를 밝혀야 하기 때문이기도 했습니다. 얼마 떨어지지 않은 곳에서 청지기의 호통 소리와 욕지거리가 들려왔습니다. 적어도 제게는 그렇게 들렸습니다. 모든 것을 종합해 볼 때, 제가 알던 바는, 램프를 소홀하게 취급하면 백작이 격하게 화를 낸다는 사실이었고, 그런 일을 피하는 것이 중요했습니다.

머지않아 백작은 여행을 떠났습니다. 사람들은 더 이상

저를 필요로 하지 않았고, 제게 이 사실을 호의적인 방식으로 알려 주었습니다. 그래서 저는 성과 작별했습니다. 그들은 친절하게도 저에게 좋은 평가가 담긴 증명서를 발급해 주었는데, 거기에는 무엇보다 제가 매우 신뢰할 만하고, 또 무척 성실하며 착실하다는 내용이 적혀 있었습니다. 당연히 저를 기쁘게 해 주는 증명서였습니다. "들어 보시오, 토볼트." 청지기가 선량한 웃음을 지어 보이며 저에게 말했습니다. "이제 당신은 우리를 떠나 세상으로 나가게 될 거요. 여기서 어느 정도 배웠을 테니, 어디에서든 당신을 꼭 필요로 하리라고 확신하오." 비서는 작별 선물로 저에게 장식용 옷핀을 주며 말했습니다. "좋은 셔츠 열두 장을 나중에 꼭 보내 드릴 겁니다." 사람들은 제게 상여금으로 백 마르크를 주었는데, 저는 주저하지 않고 그 돈을 받았습니다. 모두들 제게 몹시 친절하게 말을 건넸고, 모든 이가 만족스럽고 호의적으로 보였습니다. 다음 날 아침, 저는 아우구스트가 모는 마차를 타고 성의 언덕을 내달렸습니다. 구름 낀 겨울 하늘에서 촉촉하게 빛나는 햇살이 더욱 아름답게 길을 비춰 주던 이 즐거운 여정을 결코 잊지 못할 것입니다. 저는 마차 안에서 마치 대단하고 부유한 신사처럼 앉아 있었고, 프랑스산 담배를 돌돌 말아 대담하게 입에 문 채, 행복에 들뜬 기분으로, 삶에 대한 진심 어린 용기에 취해 이렇게 외쳤습니다. "이제 나는 사나이가 되었어. 이제 어떤 일이 닥쳐도 나는 그것을 마주할 준비가 되어 있다. 나는 그것과 맞서고, 확신에 찬 당당한 태도로 부딪혀 보리라. 바야흐로 나는 온 세계, 아니 적어도 세계의 절반과 겨루어 볼 수 있으리라. 이건 상상일까, 아니면 착각일까, 아니면 경이로운 별과 같은 무엇일까! 내 기분은 그야말로 황홀하다. 삶의 기쁨과 활력이 이제 내 안에 있어, 나도 모르게 큰 웃음이 터져 나올 정도다. 나는 지금 열정에 들떠 있다! 야생마가 되어 기쁨의 땅으로 힘차게 달려 나가고 싶다. 신성할 만큼 아름답고, 천국처럼 선한 세상이여! 이 얼마나 즐거운가! 더 이상 어떤 두려움도, 불안도 이해하지 못하겠다. 삶은 한 송이 장미와 같고, 그 장미를 성공적으로 꺾게 되리라고 스스로에게 우쭐대며 말하고 싶다. 우렛소리와 함께 대지가 내 발 앞으로 질주해 오는구나. 하늘은 곳곳에서 수줍은 듯 조그마한 푸른빛을 살짝 내비친다. 나는 이것을 좋은 징조로 받아들이고자 한다. 세상이여, 나는 너와 맞서 싸우겠다. 나는 이제 막 어떤 경험을 마치고 돌아와, 또다시 다른 경험을 향해 여행하고, 말을 타고 이동하며, 방랑하고자 한다. 생동하는 삶과 생생한 경험들이여, 나에게 오라. 사람이 무언가를 참고 견뎌야 한다는 것은 얼마나 멋진 일인가! 명랑하고 강인한 인내를 통해 삶은 유희하듯 가벼워진다. 그러니 두려움을 모르는 훌륭한 수영 선수처럼 파도 속으로 힘차게 뛰어들자. 내가 보기에, 나는 지금 막 몇 가지 역경을 극복했고, 비로소 확고한 발걸음과 단호한 눈빛을 가지고 앞으로 나아갈 수 있을 것만 같다."

로베르트 발저(1929)

발터 베냐민

사람들은 로베르트 발저의 글을 많이 읽을 수 있지만, 정작 그에 대해서는 아무것도 읽을 수 없다. 우리는 과연 우리 가운데 싸구려 논평(feile Glosse)[2]을 제대로 평가할 줄 아는 소수의 사람에 대해 무엇을 알고 있는가. 말하자면, 이들은 싸구려 논평을 자기 취향대로 "끌어올려" 세련되게 하려는 지조 없는 문필가와는 다르다. 오히려 이 소수의 사람은 싸구려 논평의 볼품없고 눈에 띄지 않는 글쓰기 태도를 이용하면서, 이 논평이 지닌 활력소와 정화 작용을 읽어 내고자 한다. 알프레드 폴가[3]가 이 싸구려 논평을 명명한 바, 이 "작은 형식(kleine

---

2   '글로세(Glosse)'는 독일에서 신문 문예란에 실리는 짧은 풍자적 논평을 가리킨다. 이 용어는 "혀, 언어"를 뜻하는 그리스어 glōssa와 이 단어에서 파생한 라틴어 glossa에서 차용되었다. 라틴어 glossa는 처음에는 "어렵고 설명이 필요한 단어"를 의미했고, 이후 필사본의 행간이나 여백에 적힌 "설명적 주석"을 지칭하게 되었다. 세기말 비엔나의 작가이자 언론인 칼 크라우스(Karl Kraus, 1874~1936)는 자신이 직접 발행한 비평지 《햇불(Die Fackel)》에서 당대의 작가, 문학, 연극 등에 대한 '글로세'를 고도의 문학적 형식으로 실천한 바 있다.

3   알프레드 폴가(Alfred Polgar, 1873~1955). 오스트리아의 작가, 언론인, 비평가

Form)"이 어떤 의미를 지니는지, 그리고 얼마나 많은 희망의 나비들이 이른바 거대 양식의 문학이라는 도도한 자부심으로부터 '작은 형식'이라는 소박한 꽃받침으로 도망치듯 날아드는지는 단지 소수의 사람만이 알고 있다. 그리고 다른 작가들은 자신이 신문이라는 황무지 속에서 가녀리거나 가시 돋친 꽃을 피우고자 할 때, 폴가, 헤셀,[4] 발저와 같은 작가들에게 무엇을 빚지고 있는지 전혀 예상하지 못한다. 심지어 그들은 마지막에 가서야 로베르트 발저를 주목하게 될 것이다. 그 이유는 그들의 빈약한 교양 지식 — 이것은 문학과 관련하여 그들이 지닌 유일한 지식이다. — 에 내재한 일차적 충동이 그들에게 다음과 같이 충고하기 때문이다. 그들이 아무런 내용도 없다고 부르는 것을 "세련되고", "고상한" 형식으로 메우라고. 그런데 로베르트 발저에게서 맨 먼저 눈에 띄는 것은 다름 아닌 매우 보기 드물고, 무어라 형용하기 어려운 방임 상태(Verwahrlosung)이다. 이러한 아무 내용 없음이 무게를 지니게 되고, 산만함이 영속성이 된다는 사실은 발저 문학에 대한 고찰에서 가장 궁극적인 것이다.

이러한 고찰은 쉬운 일이 아니다. 왜냐하면 우리는 대체로 완성도 높고 작가의 의도가 분명한 예술 작품을 기준으로 양식의 수수께끼를 다루는 데 익숙한 반면, 여기서는 적어도 겉보기에 전혀 아무런 의도가 없고, 그럼에도 우리를 끌어당기고 매혹하는 언어 황무지화(Sprachverwilderung)에 직면하

이다. 우아하면서도 풍자적인 문체로 이름을 알렸다.
4 프란츠 헤셀(Franz Hessel, 1880~1941). 독일의 작가, 번역가, 편집자이다. 발터 베냐민의 가까운 친구로, 베냐민과 함께 마르셀 프루스트의 『잃어버린 시간을 찾아서(À la recherche du temps perdu)』를 번역했다.

기 때문이다. 게다가 우아한 양식에서 신랄한 양식까지 모든 형식을 보여 주는 자기 방임(Sichgehenlassen)을 마주하기 때문이다. 우리는 〔발저 양식의 수수께끼가〕 겉으로 보기에 아무런 의도도 가지지 않는다고 이야기한 바 있다. 사람들은 이따금 정말로 그러한가에 대해 논하곤 했다. 하지만 그것은 부질없는 논쟁이다. 게다가 자기 작품을 단 한 줄도 더 좋게 고친 적이 없다고 한 발저의 고백을 떠올려 보면 더욱 그렇다. 물론 발저의 말을 곧이곧대로 믿을 필요는 없다. 하지만 그렇게 믿는 편이 좋을 것이다. 그러면 우리는 다음과 같은 통찰에서 마음의 위안을 얻게 될 것이기 때문이다. 쓰고 나면 절대로 쓴 것을 더 좋게 고치지 않는 것, 그럴 때만 극도의 무의도와 최상의 의도가 완벽히 일치하는 것이다.

여기까지는 좋다. 하지만 분명 이것이 이러한 방임 상태의 근거를 캐는 데 방해가 될 수는 없다. 이미 언급한 대로, 이러한 방임 상태는 모든 형식을 포괄한다. 그런데 이제 우리는 '한 가지 유일한 형식을 예외로 하고'라는 말을 덧붙이고자 한다. 내용만을 중시하며 그 밖의 다른 것은 도외시하는, 가장 흔한 이 하나의 형식 말이다. 발저에게 작품의 형식은 결코 부차적인 문제가 아니어서, 그가 말하려는 모든 내용이 글쓰기의 의미에 비한다면 완전히 뒷전으로 밀려날 정도다. 우리는 다음과 같이 말해도 무방할 것이다. 발저가 말하려는 모든 내용은 글쓰기를 하는 와중에 모두 소모되어 버린다고. 이 점에 관해서는 설명이 필요하다. 그리고 이와 관련해 우리는 이 작가가 지닌 지극히 스위스적인 면모와 맞닥뜨리게 된다. 그것은 바로 부끄러움(Scham)이다. 아르놀트 뵈클린[5]과 그의 아들 카를로 그리고 고트프리트 켈러[6]에 관해 다음과 같은 이야기가 전해진다. 이들은 어느 날 여느 때와 같이 객줏집에 앉아 있었다. 이들이 늘 맡아 놓고 앉던 자리는 그 술손님들의 으레 말 없고 과묵한 분위기로 오래전부터 잘 알려져 있었다. 이날도 이 무리는 침묵한 채로 함께 앉아 있었다. 한참이 지나서야 문득 뵈클린의 아들 카를로가 입을 열었다. "날이 덥군요." 그리고 십오 분이 지나자, 아버지 뵈클린이 말했다. "그리고 바람도 잠잠하구나." 켈러는 그대로 잠시 머물러 있더니 자리에서 일어서며 이렇게 말했다. "수다쟁이들하고는 술 마시고 싶지 않아." 이 이야기에서 유별난 재담으로 정곡을 찌르는, 시골 농부다운 언어에 대한 부끄러움(Sprachscham)이 발저의 본령이다. 그는 펜을 손에 쥐자마자 절망적인 기분에 사로잡힌다. 모든 것이 그에게는 상실된 듯 보이며, 모든 문장이 오로지 바로 앞 문장을 잊히게 하려고 쓰인 것 같은 장광설이 터져 나온다. 발저가 한 걸작[7]에 나오는 다음의 독백, "이 텅 빈 골목길을 따라 그가 올 게 분명하다."를 그의 산문에서 고쳐 쓴다면, 그 역시 "이 텅 빈 골목길을 따라"라는 고전적인 구절로 운을 떼기는 할 것이다. 하지만 그 순간 공포가 발저의 텔〔발저의 주인공〕을 사로잡는다. 그때 이미 발저의 텔은 스스로가 박약하고, 작고, 자포자기 상태에 있다고 느낄 것이다. 그리고 그는 다음과 같이 말을 이어 갈 것이다. "이 텅 빈 골목길

---

5   아르놀트 뵈클린(Arnold Böcklin, 1827~1901). 스위스의 화가이자 조각가.

6   고트프리트 켈러(Gottfried Keller, 1819~1890). 사실주의 문학을 대표하는 스위스 출신의 작가.

7   인용된 구절은 프리드리히 실러의 희곡 『빌헬름 텔(Wilhelm Tell)』(1804)의 4막 3장에 나오는 독백이다. 텔은 폭군 헤르만 게슬러를 기다리며 잠복하는 동안 자신이 저지르려는 살인이 도덕적으로 정당한지 숙고한다.

을 따라, 내가 생각하기에는, 그가 올 게 분명하다."

분명 과거에도 이와 유사한 양식이 존재했을 것이다. 언어와 관련한 모든 문제에서 드러나는, 이 수줍어하면서도 정교한 서투름은 바보의 유전(遺傳)이다. 달변의 원형인 폴로니우스가 어릿광대라면, 발저는 자신을 파멸로 이끄는 언어의 화환(花環)으로 스스로를 바쿠스처럼 치장한다. 이와 같은 화환은 실제로 그의 문장들이 보여 주는 이미지이다. 그런데 이 문장들 속에서 비틀거리며 걸어 나오는 형상은 게으름뱅이, 부랑자 그리고 천재이다. 이들이야말로 발저의 산문에 등장하는 주인공들이다. 그 밖에도 발저는 오로지 그의 "주인공들"에 대해서만 서술하며, 이러한 중심인물들에게서 벗어나지 않는다. 그리고 그는 세 편의 초기 소설[8]에 만족할 뿐, 그러고 나서는 오로지 그의 온갖 사랑스러운 부랑자들과의 우정을 위해서만 살아가는 것이다.

주지하다시피 무엇보다 게르만어권 문학에서는 허풍선이, 아무짝에도 쓸모없는 자, 게으름뱅이 그리고 영락한 주인공이 보이는 몇몇 큰 특징들이 존재한다. 이러한 인물들의 대가(大家)로 크누트 함순[9]은 최근에야 비로소 칭송받았다. 그외에도 아무짝에도 쓸모없는 자를 창조한 아이헨도르프[10]가

---

8   베를린에서 연이어 발표된 발저의 세 소설 『타너가의 남매들(Geschwister Tanner)』(1907), 『조수(Der Gehülfe)』(1908) 그리고 『야콥 폰 군텐(Jakob von Gunten)』(1909)을 가리킨다.

9   크누트 함순(Knut Hamsun, 1859~1952). 노르웨이의 작가. 주요 작품으로 『굶주림(Sult)』(1890)과 『땅의 혜택(Markens Grøde)』(1917) 등이 있다. 1920년에 노벨 문학상을 받았다.

10 요제프 폰 아이헨도르프(Joseph von Eichendorff, 1788~1857). 독일 낭만주의를 대표하는 시인이자 소설가.

있고, 말썽꾸러기 프리더를 탄생시킨 헤벨[11]이 존재한다. 발저의 인물들은 이러한 인물군에서 어떠한 모습을 보이는가? 그리고 그들의 뿌리는 어디에 있을까? 아무짝에도 쓸모없는 자가 어디서 왔는지 우리는 알고 있다. 그는 낭만적인 독일의 숲과 계곡 출신이다. 말썽꾸러기 프리더는 세기 전환기 무렵 라인강변에 위치한 도시들의 반항적이고 계몽된 소시민 계급 출신이다. 함순의 인물들은 피오르 산맥의 원시 세계에서 왔다. 이들은 자기 고향에 대한 그리움으로 요정들에게 이끌리는 인간들이다. 그렇다면 발저의 인물들은 어디에서 온 것일까? 혹시 그들은 글라루스 알프스에서 온 게 아닐까? 발저가 태어난 아펜첼 지역의 초원에서 온 것일까? 절대로 그렇지 않다. 그들은 가장 캄캄한 밤의 출신이다. 어쩌면 그들은 희망의 등불이 희미하게 어른거리는 베네치아의 밤으로부터, 눈에는 들뜬 광채를 번득이면서도, 갈피를 잡지 못하고 금방이라도 울음을 터뜨릴 것 같은 슬픈 눈빛으로 온다. 이 인물들이 우는 것, 그것이 바로 산문이다. 왜냐하면 그들의 흐느낌이야말로 발저의 수다스러움에 깃든 선율이기 때문이다. 이러한 흐느낌은 발저가 사랑한 인물들이 어디에서 왔는지를 우리에게 알려 준다. 말하자면, 광기(Wahnsinn)로부터이지, 그 밖에 다른 어느 곳에서도 아니다. 이들은 광기를 겪고 난 인물들이며, 그러한 까닭에 그들에게는 마음을 찢는 듯한, 전혀 인간적이지 않으면서도 의심할 여지 없는 표피성(Oberflächlichkeit)이 남아 있다. 이 인물들에게 깃들어 있는 행복감과 섬뜩함을 단 한마디로 표현하자면, "그들은 모두 치유되었다.(sie sind alle

11   요한 페터 헤벨(Johann Peter Hebel, 1760~1826). 독일의 작가이자 신학자.

geheilt.)"〔원문 강조〕라고 말해도 좋을 것이다. 그런데 우리가 발저의 「백설공주(Schneewittchen)」[12] ── 이는 근대 문학에서 가장 심오한 형상 중 하나다. ── 에 과감히 도전하지 않는 한, 이러한 치유의 과정은 결코 설명될 수 없을 것이다. 이것만으로도 일견 모든 시인 가운데 가장 느긋하기 그지없는 이 작가 〔로베르트 발저〕가 어째서 저 엄정하기 이를 데 없는 프란츠 카프카의 사랑을 받는 작가였는지, 그 이유를 납득시키기에 충분할 것이다.

　　이러한 이야기들이 매우 보기 드물게 섬세한 것이라는 점은 누구나 안다. 하지만 발저의 이야기 속에 몰락한 삶의 신경과민이 아니라, 회복 중인 삶의 순수하고도 생기발랄한 기운이 들어 있다는 사실을 알아보는 사람은 드물다. "내가 이 세상에서 성공을 거둘 수도 있으리라는 생각이 나를 깜짝 놀라게 한다." 발저는 프란츠 모어[13]의 대화에 나오는 대사를 변형하여 이렇게 말한 바 있다. 발저의 주인공들은 모두 이러한 깜짝 놀람(Entsetzen)을 공유한다. 왜 그런 것일까? 이는 결단코 세상에 대한 혐오나 윤리적 회한 또는 환멸 때문이 아니라, 순전히 에피쿠로스적 이유에서일 것이다. 발저의 인물들은 그들 자신을 즐기고자 한다. 그리고 그들은 그러한 일에 매우 비범한 재능을 지니고 있다. 즐거움을 찾는 면에서 그들은 매우 비상한 기품마저 지니고 있다. 그뿐만 아니라 발저의 인물들은 완전히 이례적인 정당성 역시 가지고 있다. 왜냐

12　1901년에 발표된 발저의 운문 희곡.

13　프란츠 모어(Franz Moor). 실러의 희곡 「도적들(Die Räuber)」(1781)의 등장인물.

하면 병에서 회복 중인 사람만큼 즐거움을 느낄 줄 아는 자도 없기 때문이다. 일체의 밀교적인 것은 그와 거리가 멀다. 이를테면, 회복 중인 자의 소생한 피의 맥박이 개울에서 흘러 나오는 물소리처럼 그의 귀에 들려오고, 입술의 순결한 숨결은 나뭇가지 끝에서 불어오는 바람처럼 느껴진다. 발저의 인물들은 이러한 어린아이 같은 고결함을 동화 속 인물들과 공유한다. 이 동화 속 인물들 또한 밤과 광기로부터, 말하자면 신화의 광기로부터 깨어난 인물들이다. 사람들은 보통 이러한 각성(Erwachen)이 실증 종교 안에서 이루어진다고 생각한다. 설령 그것이 사실이더라도, 이러한 각성은 결코 단순 명료한 형식으로 이루어져 있지는 않을 것이다. 이러한 각성의 형식은 신화와의 거대하고 세속적인 대결 과정 속에서 찾아내야만 한다. 그리고 동화는 이와 같은 형식을 보여 준다. 물론, 동화 속 인물들과 발저의 인물들이 단순히 유사하기만 한 것은 아니다. 발저의 인물들은 고뇌에서 벗어나기 위해 지금도 여전히 고군분투하고 있다. 발저는 동화가 끝나는 지점에서 시작한다. "그리고 그들이 죽지 않았다면, 오늘날에도 여전히 살고 있을 것이다." 발저는 그들이 어떻게(wie)〔원문 강조〕살아가는지를 보여 준다. 그리고 이로써 나는 발저가 시작하는 방식으로 이 글을 마무리하고자 한다. 그의 문학은 이야기(Geschichten), 작문(Aufsätze), 시(Dichtungen), 작은 산문(kleine Prosa) 그리고 이와 유사한 것들로 불린다.

로베르트 발저의 '작은 존재' 토볼트 이야기

　로베르트 발저(Robert Walser, 1878~1956)의 1910년대 작품에는 "토볼트(Tobold)"라는 이름을 지닌 젊은 남성 인물이 반복적으로 등장한다. 토볼트는 발저가 창작한 것이 아니라 실제로 베를린에서 사용되던 성씨로 확인되지만, 널리 알려져 있다기보다는 독특한 인상을 주는 이름이었던 듯하다. 특히 이 이름은 청각적으로 독일어 '코볼트(Kobold)'를 연상시킨다는 점에서 흥미롭다. '코볼트'는 독일 민간 신앙에서 집이나 마당에 머물며 사람들에게 장난을 치고, 때로는 악의적이거나 교활하게 구는 난쟁이 형상의 정령을 가리킨다. 1918년에 집필된 것으로 알려져 있으나 소실된 소설 『토볼트』 원고를 제외하고, 1912년부터 1917년까지 거의 매년 이 인물에 대한 발저의 관심을 반영하는 '토볼트 이야기'가 잇달아 발표된다. 「낯선 사내(Der fremde Geselle)」(1912), 「토볼트(Tobold)」(1913), 「산책하기(Spazieren)」(1914), 「토볼트의 삶(Aus Tobolds Leben)」(1915) 그리고 「토볼트(Tobold)」(1917)로 구성된 토볼트 이야기는 짧은 산문 작품에서부터 운문 희곡

(Dramolett), 단편 소설에 이르기까지 다양한 문학 장르를 아우른다. 각 작품에서 형상화되는 토볼트의 구체적인 모습과 특징도 다채롭다. 토볼트 이야기를 발표 순서에 따라 살펴보면, 토볼트는 낯설고 모호한 인물에서 시작하여 운문 희곡의 한 배역을 거쳐 점차 작가 발저의 실제 하인 생활을 반영하는 하인 유형의 인물로 구체화되는 양상이 발견된다. 다섯 작품으로 이루어진 토볼트 이야기는 발저의 작품 세계를 관통하는 "하인 정신(Dieneridee)"—즉, 섬김에 대한 의지—과 섬기는 인물 전반에 대한 발저의 문학적 구상에 다각적이고 포괄적으로 접근할 수 있게 해 주는 단초들을 제공한다. 이 구상은 '분리된 결합', '자기 상실을 통한 자기 발견', '근교 내에서의 방랑', '물러섬의 자세', '명랑성' 등의 주제로 구체화된다.

「낯선 사내」(1912)

1912년 12월에 잡지 《라인란데(Die Rheinlande)》에 발표된 산문 「낯선 사내」에서는 일인칭 화자가 낯선 사내와 관계 맺는 독특한 방식이 주제화된다. 화자는 먼저 자신의 "태만의 죄"를 언급하며, 이후에 그가 "토볼트"라 부르게 될 한 사내와 마주치면서 저지른 죄의 내용을 암시한다. 화자가 말하는 태만의 죄는 그가 고대하는 무언가에 전혀 다가가지 않은 채, 그저 그것이 자신에게 와 주기만을 바라고 기다리는 태도를 가리킨다. 여기서 태만이 죄가 되는 이유는 화자가 그 무언가와 자신이 어떻게든 연관되어 있다고 느끼면서도 무관심한 기다림 속에서 그것을 외면하고, 결국 무책임하게 떠나보내기 때문이다. 이러한 상황에서는 서로 가까이 다가가거나 멀어지는 일조차 일어나지 않으며, 오직 화자의 불성실함, 즉 "태만의 죄"만이 두드러진다. 화자는 단지 고갯짓 같은 작은 몸짓만으로도 낯선 사내와 관계를 맺고 그의 "친구"가 될 수 있었으나, 기다리기만 하며 주저한다. 이 주저함은 "결코 정당화될 수 없는 교만"으로 묘사된다. 사내를 떠나보낸 뒤, 화자는 스스로에게 "태만의 죄"라는 선고를 내리고 상상 속에서 자신의 과오를 속죄하고자 한다. 화자의 속죄는 낯선 사내에 대한 명명과 회상 행위를 통해 이루어진다. 화자는 그 사내에게 "토볼트"라는 이름을 붙여 줌으로써, 망각 속에 사라질 뻔한 그를 기억 속으로 불러들인다. 이 이름은 화자에게 밤과 낮, "잠과 깨어남 사이에서" 떠오른 것이다. 토볼트에 대한 회고적 상상 속에서 화자는 토볼트와 다시금 연결된다. 화자는 토볼트를 회상하며 그의 생각을 추체험하고자 함으로써 현실이 아닌 상상 속에서 그의 "곁에" 위치하게 된다. 화자는 기어이 태만의 죄를 저지른 후 속죄의 과정을 도입함으로써 현실에서 좌절된 만남을 상상 속에서 이루어 내고자 한다. 이러한 양상은 발저 특유의 관계 맺기 방식으로서, 일종의 '분리된 결합'의 방식으로 이해할 수 있다. 관계의 단절이나 좌절을 관계 맺기의 중요한 계기로 활용하는 발저의 분리된 결합을 통해 「낯선 사내」에서는 두 가지 본질적 전환이 확인된다. 첫째는 화자의 속죄와 회상 과정에서 토볼트가 모호하고 낯선 인물에서 의미 있는 이야기의 담지자로 변모한다는 점이고, 둘째는 화자의 '죄' 문제가 토볼트와의 '관계' 문제로 전환된다는 점이다. 화자는 태만의 죄를 짓고 이를 속죄함으로써 토볼트와 다시 조우하고, 토볼트로 은유되는 망각되고 상실된 것들을 구제한다.

1937년, 스위스 트로겐으로 하이킹하는 로베르트 발저

「토볼트」(1913)

　　1913년 막스 브로트의 문학 연감 『아르카디아(Arkadia)』
에 실린 「토볼트」는 운문 희곡의 형식을 취하고 있으며, 이 극
에서 한 배역을 맡은 토볼트가 자신의 정체성을 찾아가는 여
정을 그린다. 토볼트의 여정은 크게 세 가지 만남, 즉, "악한"
과 "고통받는 자"와의 만남, "버림받은 여인"과의 만남 그리고
"지배자"와의 만남으로 구체화된다. 이 과정에서 주목할 점
은 토볼트가 자기를 찾기 위해 자신의 고유한 내면으로 침잠
하는 대신, 오히려 자신을 등지고 다른 인물 및 세계와의 만남
에 몰두한다는 사실이다. 자기 찾기를 위한 토볼트의 자기 부
정은 역설적으로 낯선 세계와 타인을 향한 개방성으로 나타
난다. 토볼트의 여행은 전통적인 자기 개발이나 교양을 위한
여행과는 뚜렷이 구별되는 특이성을 보인다. 각 만남에서 토
볼트는 매번 불일치와 괴리를 경험한다. 첫 번째와 두 번째 만
남에서는 그가 마주치는 인물들의 외면과 내면 사이의 불일
치를, 세 번째 만남에서는 자신의 내면세계와 그가 처한 외부
세계 사이의 괴리를 직면한다. 이때 토볼트가 경험하는 불일
치와 괴리는 결코 보다 높은 통일성 안에서 종합되거나 지양
되지 않는다. 이처럼 해소되지 않는 불일치를 동반하는 토볼
트의 만남은 발저 특유의 '분리된 결합'의 또 다른 변주로 이
해할 수 있다. 불일치의 경험이 누적되는 가운데, 토볼트의 여
행은 결국 자신의 단련으로 이어지지 않고, 그의 태만을 꾸짖
으며 즉시 일하러 가라고 명령하는 "지배자"의 호통으로 인해
돌연 중단된다. 자기 찾기를 위한 토볼트의 여정은 궁극적으
로 '자유로운 몽상가'와 '사회의 충실한 일꾼'이라는 두 상반
된 정체성이 이루는 긴장과 간극을 마주하게 된다. 이후에 발

표된 토볼트 이야기는 끝나지 않은 토볼트의 자기 찾기가 섬김에 대한 의지와 그 실천 속에서 이 두 가지 이율배반적 요구를 동시에 수용하고 실현하는 방식으로 구체화된다는 점을 보여 준다.

「산책하기」(1914)

1914년에 발표된 산문 작품 「산책하기」에서는 산책자 토볼트를 통해 발저 특유의 걷기 및 이동 양태가 구체적으로 형상화된다. 직전 해에 발표된 운문 희곡 「토볼트」의 토볼트가 자기를 찾기 위해 계속 어디론가 이동하다 결국 "지배자"에게 혼쭐나는 인물로 그려진다면, 「산책하기」의 토볼트는 앞의 "지배자"에 의해 요구된 정주와 노동의 의무를 자유에 대한 갈망, 특히 자유로운 걷기에 대한 욕망과 어떻게 연결하는지 암시적으로 보여 주는 듯하다. 의무와 자유, 정주와 방랑이라는 두 가지 상반된 요구가 결합되어 형성된 토볼트의 이동 양태는 이 작품에서 '멀리 가지 않으면서 산책하기' 또는 '근교 내에서 방랑하기'로 구체화된다. 토볼트의 걷기는 크게 두 가지 특이성을 보인다. 첫째, 그의 걷기는 현실 세계와 동떨어진 미지의 먼 곳을 향하지 않고, 오히려 "가까운 곳" 또는 "중요하지 않은 것"에 대한 선호를 내포한다. 토볼트는 걷기의 범위를 그의 일상생활과 노동이 이루어지는 장소 내부 또는 그 인접 공간으로 한정하고, 이 제한된 영역을 빠르지 않은 속도로 걷고자 한다. 경쾌하면서도 절도 있는 리듬은 그의 걷기에서 핵심적 요소로 묘사된다. 말하자면, 토볼트의 걷기는 범위와 속도가 '제한된' 걷기로 이해할 수 있다. 둘째, 토볼트의 걷기는 그가 도중에 마주치는 거의 모든 대상에 대한 무차

별한 관심 및 주의력과 결부된다. 그는 이동 중에 경험하는 외부 세계의 어떤 자극도 기꺼이 받아들이며, 여기서 기쁨을 느낄 줄 안다. 가령, 그는 산책 중에 맑은 날씨뿐 아니라 궂은 날씨에도 흔쾌히 동의를 표할 줄 아는 것이다. 토볼트의 걷기가 근교를 향하는 까닭은 이처럼 그가 주의를 기울일 만하고 그에게 기쁨을 주는 대상이 '이미' 그의 주변에 충분히 많기 때문이다. 또한 토볼트는 "닳고 닳은 모자"나 "너덜너덜한 신발"과 같이 "오래 사용했거나 닳아 해진 물건들", 심지어 "곰팡이가 슨 것"에 대한 특별한 애정과 "존경심"을 가진다. 왜냐하면 이러한 사물들에는 그가 소중히 여기는 "추억"이 깃들어 있기 때문이다. 가까이에 있고 오래된 것에 대한 애호를 동반하는 발저 특유의 근교 내에서의 방랑은 이러한 이동의 필수 불가결한 요소로 머묾의 계기를 필요로 한다. 「산책하기」에서 형상화된 '멀리 가지 않으면서 산책하기'는 자유에 대한 갈망과 대상 세계에 대한 충실성이라는 두 요구가 결합하여 형성된 발저 특유의 이동 양태, 나아가 실존 양태로 이해할 수 있다.

「토볼트의 삶」(1915)

1915년 4월 《노이에 취리히 차이퉁(Neue Züricher Zeitung)》에 게재된 「토볼트의 삶」에는 발저의 하인 경험이 반영된 인물 토볼트가 일인칭 화자로 등장한다. 발저는 1905년 10월부터 12월까지 약 석 달 동안 당시 오버슐레지엔(오늘날 폴란드) 지역에 위치한 담브라우 성에서 실제 하인으로 일한 것으로 알려져 있다. 「토볼트의 삶」은 약 2년 후인 1917년에 발표된 단편 소설 「토볼트」와 유사하게, 토볼트가 어느 백작의 성에서 하인으로서 경험하고 관찰한 내용을 주로 다루지만, 분량상 「토볼트」의 사분의 일에 못 미치는 비교적 짤막한 산문 작품이다. 이러한 점에서 「토볼트의 삶」은 「토볼트」를 쓰기 이전의 습작이라는 인상을 주기도 하지만, 「토볼트」에서 명시적으로 제시되는 "하인 정신"의 맹아를 선취하고 있다. 이 작품의 첫 구절은 발저의 하인 경험을 직접적으로 환기할 뿐 아니라 경험의 진실성에 천착하려는 서술 경향을 뚜렷이 보여 준다. "진실을 말하자면, 나는 어느 백작 소유의 성에 하인으로 들어갔다. 계절은 가을이었다. 내가 기억하는 한, 나는 근면, 열성 그리고 주의력에 있어 한 치 부족함 없이 일했다." 특유의 고요함과 우아함으로 특징지어지는 백작의 성은 "강력한 마력"이 지배하는 공간으로 그려진다. 여기서 마력이란 한편으로 평범한 시민의 삶과 동떨어진 귀족적 삶의 폐쇄성에서 비롯하는 성의 매혹적인 면모를 암시하는 한편 성의 우아한 외관을 유지하기 위해 하위 계급에 부과되는 규율과 원칙의 강압적이고 작위적인 특성을 방증한다. 그런데 하인형 인물 토볼트에게서 발견되는 특이한 면모는 그가 성의 규율과 원칙에 철저히 순응하면서도 이로부터 자유로워질 수 있는 계기, 가령 몽상과 산책, 사색을 위한 시간을 이 공간 내부에서 마련한다는 데 있다. 또한 토볼트는 성의 마력에 기꺼이 매료되면서도, 이로부터 깨어나는 근거를 성 내부에서 모색한다. 성의 마력에 대한 도취와 이로부터의 각성이라는 이중적 운동은 토볼트가 성의 규율과 원칙을 주의 깊게 익히고 따르면서도 이를 새롭게 전유하는 방식에서 기인한다. 그는 자신에게 요구되는 자기 낮춤과 자기 비움의 태도를, 진기한 경험을 지나치게 동경하지 않는 일종의 물러섬의 자세로 전환함으로써, 사소하고 부차적으로 보이는 삶의 세부 사항을 새롭게 읽어 내는 창의적 시선을 얻는다. 외부에서 부과된 순종의 규율은 역설적으로 토볼트에게 세심한 주의력과 "일상의 평안과 안식", 그리고 명랑한 성격을 가능하게 해 주는 조건으로 변모된다.

「토볼트」(1917)

1917년 베를린의 문학 잡지《노이에 룬트샤우(Neue Rund-schau)》에 발표된 단편 소설 「토볼트」는 토볼트 이야기의 마지막 작품이자, 발저 전작(全作)에서 "하인 정신"이라는 표현이 직접 등장하는 유일한 작품이다. 이 작품에서 하인 정신은 일차적으로 하인, 즉 종이 되고자 하며 심지어 그렇게 되어야 한다고 느끼는 중심인물 토볼트의 기이한 발상을 가리킨다. 「토볼트」는 "나"라는 인물에게 "토볼트"라는 이름의 젊은 남자가 자기 삶에 관한 이야기를 들려주는 액자식 구성을 취하고 있으며, 내용상 크게 세 부분으로 나눌 수 있다. 먼저, 위대한 시인이 되려 했으나 실패한 페터로서의 전사(前史)와 그가 죽고 다시 토볼트로 태어나게 된 과정이 묘사된다. 다음으로, 늦여름부터 겨울 무렵까지 토볼트가 백작의 성에서 하인으로서 경험하고 관찰한 일들이 자세하게 서술된다. 마지막으로, 백작이 겨울 여행을 떠나면서 업무가 종결된 토볼트가 성을 떠나 다시 세상으로 나오는 장면이 그려진다. 「토볼트」는 작품의 처음과 끝에 각각 페터의 죽음에 대한 갈망과 토볼트의 삶에 대한 예찬을 배치하여, 죽은 페터로부터 부활한 토볼트가 세계와 화해해 나가는 회복의 과정을 보여 준다. 토볼트는 그의 하인 정신을 통해 발저에게서 일종의 병(病)으로 간주되는 '위대함에 대한 동경'을 치유하는 인물로 이해할 수 있다.

1956년 12월 25일 성탄절, 로베르트 발저의 마지막 산책

토볼트에 따르면, 그는 원래 페터라는 이름의 시인으로, 두 차례 절체절명의 실패를 경험한 바 있다. 그는 위대한 시인이 되고자 했지만 실패했고, 이어서 사령관이 되고자 했으나 또다시 실패한다. 유의미한 사람, 최소한 "사소하지 않은 존재"가 되려는 욕망이 좌절되자 비애와 절망감에 사로잡혀 전나무 숲에서 고대하던 죽음을 맞이한다. 하지만 신비롭게도 그는 완전히 소멸하지 않고, 토볼트라는 이름의 새로운 인간으로, "부분적으로 재발견되고, 부분적으로 새롭게 창조된 영혼"으로 다시 태어난다. 토볼트는 페터와 달리 크고 위대한 것이 아니라 "작고 사소한 것을 향한 애정"을 지닌 인물로서, 자신의 하인 정신, 즉 하인이 되려는 의지를 실행에 옮기기 위해 백작의 성(城)으로 들어간다. 귀족이 거주하는 성은 실제로 이 작품이 쓰인 빌헬름 제국 시기의 독일 사회에 아직 남아 있었다고 알려져 있다. 주로 도시 외곽에 위치한 성은 일반 사람들이 접근하기 어려운 폐쇄적인 공간이었지만,「토볼트」에서 암시되는 바와 같이, 늦여름이나 초가을, 즉 겨울 사냥과 연회 준비로 분주해지는 시기에는 임시로 외부에서 하인 인력을 충원했던 듯하다. 토볼트는 이러한 현실적 상황이 반영된 늦여름에 백작의 성에서 하인으로 일할 기회를 얻어 귀족의 세계에 입장하는 것으로 묘사된다. 성에서 생활하는 토볼트에게서 눈길을 끄는 점은 그가 백작의 성과 부유함을 대하는 태도에 있다. 토볼트는 귀족의 거처를 가득 채운 물질적, 정신적 풍요로움을 경탄 어린 시선으로 바라볼 줄 알고, 이에 매료되기를 주저하지 않는다. "저는 언제나 찬란한 웅장함과 광채를 기꺼운 마음으로 바라보았습니다. 그러나 제 자신은 예전부터 소박함으로 가득한 조용한 배경으로 물러나, 그곳에서 밝게 빛나는 광경을 기쁜 눈으로 들여다보고 우러러보기를 원했습니다." 토볼트의 이러한 태도는, 발저가 1897년에 사회주의에 열광했던 행보를 염두에 둘 때 더욱 아이러니하게 다가온다.

발저는 이미 십 대 후반에 사회주의 이념과 정당에 투신하고자 했으며, 빈민과 실업자가 양산되는 가운데 공산주의와 노동 운동의 열풍이 불던 20세기 초반 대도시 세계를 몸소 경험했다. 이러한 맥락을 고려할 때, 정치적, 법제적, 경제적 특권을 부여받은 귀족 계층의 하인으로 복무하며 이들의 세습된 풍요로움에 호의와 존중을 표하는 토볼트의 태도는 사회주의적 평등 관념과 정면으로 대치될 뿐 아니라, 일견 불가해하고 ── 지난 중세를 동경했던 돈키호테의 기사도 정신처럼 ── 허무맹랑해 보일 수 있다. 그러나 귀족 세계의 아름다움을 만끽하고 그 마력에 도취될 줄 아는 토볼트의 하인 정신은 역설적으로 이 세계를 적대적 대상으로 삼지 않으면서 이 세계와 대결을 벌이는 그의 독특한 전략으로 형상화된다. 이 전략이란, 귀족의 성이라는 위계적 현실에 비판적 거리를 두기보다는, 인내와 복종의 방식으로 그 질서에 더욱 밀착하여 귀족적 세계의 마력으로부터 '각성'의 힘을 얻고, 성의 강압적 규율로부터 "물러섬"의 슬기를 꾀하는 방식을 가리킨다. 여기서 물러섬의 슬기란 토볼트가 자신에게 강제된 성의 규율과 자기 낮춤의 법칙을 변용한 것으로, 완전히 뒤로 물러나 귀족적 세계가 상연되는 방식, 이른바 "마법 공연"을 면밀히 관찰하고 그 과정에서 자신에게 실존적 각성 또는 회복의 계기를 마련하는 역량과 결부된다. 조용한 배경 속에서 "전체적인 조망"을 얻고, 작은 존재로서 기쁨을 느낄 줄 아는 토볼트의 슬기와 명랑성은 그가 다름 아닌 귀족의 성에서 얻어 낸 것이다. 바로 이러한 부분에 토볼트의 하인 정신이 지닌 모호성과 급진성이 있다.

* * *

이 번역서의 구성에 관해 간단히 부연하고자 한다. 발저의 '토볼트 이야기' 번역뿐 아니라, 발터 벤야민이 1929년 9월에 베를린에서 발행된 잡지 《타게부흐(Tagebuch)》에 게재한 로베르트 발저에 관한 짧은 에세이도 함께 번역해 수록했다. 벤야민은 같은 해 8월 20일 저녁, 프랑크푸르트 라디오 방송에서 자신이 선별한 발저의 산문 작품들을 직접 낭독하며 소개했는데, "로베르트 발저"라는 제목이 붙은 앞의 에세이는 이 낭독의 서문 격으로 작성된 글의 약간 다른 판본이었으리라고 추정된다. 에세이 「로베르트 발저」는 매우 적은 분량에도 불구하고, 벤야민의 뛰어난 문학적 통찰력과 발저의 글쓰기에 대한 탁월한 이해를 보여 주는 중요한 글로 평가받는다.

끝으로 이 책이 나오기까지 도움을 주신 분들께 감사의 말씀을 전하고 싶다. 먼저, 로베르트 발저의 문학 세계를 알게 해 주시고 가르쳐 주신 임홍배 선생님께 깊이 감사드린다. 그리고 아직 단독으로 출간되거나 번역된 적 없는 '토볼트 이야기'를 한국어로 옮길 기회를 주시고 원고를 정성껏 다듬어 주신 민음사의 유상훈 편집자님께도 감사의 마음을 전한다.

1878년	4월 15일, 로베르트 오토 발저는 스위스 베른주의 빌에서 제본공이자 상인이었던 아버지 아돌프 발저와 어머니 엘리자 발저의 여덟 남매 자녀 중 일곱째로 태어난다.
1884~1892년	고향 빌에서 초등학교와 김나지움 예비 학교를 다닌다. 아버지의 사업이 점차 기울고, 어머니의 우울증은 심해지기 시작한다.
1892~1895년	베른 주립 은행 지점에서 수습사원으로 일한다. 1894년 10월 22일, 어머니가 사망한다. 같은 해 빌 시립 극장에서 상연된 프리드리히 폰 실러(Friedrich von Schiller, 1759~1805)의 『도적들(Die Räuber)』이 발저에게 연극에 대한 큰 관심을 불러일으킨다. 연극에 깊은 열정을 쏟으며 극단에서 활동했고, 연극배우가 되겠다는 꿈을 키운다.
1895년	4월부터 8월까지 바젤에 있는 친척 집에서 체류하며 은행에서 근무한다. 9월부터는 형 카를 발

저와 함께 슈투트가르트에 있는 기숙사에서 지내며 출판사에서 일한다. 연극배우의 꿈은 좌절된다.

1896년　슈투트가르트에서 연극배우가 되려는 시도는 끝내 실패한다. 10월 초, 걸어서 스위스로 돌아온다. 취리히에 거주하며 보험 회사 경리 사원으로 일한다.

1897년　취리히에서 여러 차례 거처를 옮긴다. 사회주의에 심취하고, 오늘날까지 전해지는 첫 번째 시 「미래!(Zukunft!)」를 집필한다. 11월에는 직장을 그만두고 베를린으로 짧은 여행을 떠난다. 겨울 동안 많은 시를 쓴다.

1898년　취리히에서 지내며, 5월 8일 베른의 한 신문에 익명으로 몇 편의 시를 발표한다. 오스트리아 출신의 작가이자 편집자 프란츠 블라이(Franz Blei, 1871~1942)를 알게 된다. 여러 편의 시를 쓴다.

1899년　1월부터 9월까지 툰에서 여러 직장을 전전한다. 5월 또는 6월에는 잠시 뮌헨을 방문했던 것으로 추정된다. 10월부터는 졸로투른에 있는 신용 금고에서 일한다. 단편 희곡 네 편을 집필하고, 7월 2일에는 첫 산문 「그라이펜 호수(Der Greifensee)」를 신문에 발표한다. 여러 편의 시를 발표한다.

1900년　졸로투른, 빌, 취리히를 거쳐 11월 말부터는 뮌헨에서 체류한다. 시와 단편 희곡 「시인(Dichter)」을 잡지《인젤(Insel)》에 발표한다.

1901년	1월 스위스로 돌아와, 취리히에서 체류했던 것으로 추정된다. 7월에 다시 뮌헨으로 여행을 떠나고, 8월에는 베를린으로 이동한다. 이어서 다시 뮌헨으로 돌아오고, 10월 중순부터는 취리히에서 체류한다. 뮌헨에서 잡지《인젤》과 관련된 많은 작가 및 예술가와 교류한다.《인젤》에 여러 작품을 발표한다.
1902년	1월 베를린으로 여행을 떠난다. 2월부터 4월까지 토이펠렌에 있는 누나 리자의 집에서 지낸 뒤 취리히에서 체류한다. 신문과 잡지에 여러 산문을 게재한다.
1903년	3월부터 6월까지 빈터투어에 있는 공장에서 사무직원으로 근무한다. 베른에서 신병 교육을 받는다. 이후 취리히에서 체류하며, 1903년 7월 말부터 1904년 1월 초까지 취리히 호수에 면한 베덴스빌에서 발명가 칼 두블러의 조수로 일한다.
1904년	취리히에서 여러 차례 거처를 옮기며 생활한다. 주립 은행에서 근무한다. 12월, 인젤 출판사에서 산문집 『프리츠 코허의 작문(Fritz Kochers Aufsätze)』을 출간한다.
1905년	3월 말, 베를린으로 가서 화가인 형 카를 발저의 집에서 유숙한다. 여름 동안에는 스위스에서 머물고, 이후 베를린에서 하인 양성 학교에 다닌다. 같은 해 10월부터 12월까지 오버슐레지엔에 있는 담브라우 성에서 하인으로 일한다.
1906년	베를린에서 체류하면서 장편 소설 『타너가의 남매들(Geschwister Tanner)』을 탈고한다.

1907년	여름부터 독립된 거처에서 지낸다. 베를린 분리파(Berliner Sezession)의 미술상 파울 카시러의 비서로 일하면서 베를린의 많은 예술가, 문인, 연극인과 교류한다. 첫 장편 소설 『타너가의 남매들』을 출간한다. 잡지 및 신문 문예란에 다수의 산문을 발표한다.
1908년	두 번째 장편 소설 『조수(Der Gehülfe)』를 출간한다. 같은 해 말, 초기 시들을 묶은 시집을 발간한다.
1909년	국내에서는 『벤야멘타 하인학교』로 소개된 세 번째 장편 소설 『야콥 폰 군텐(Jakob von Gunten)』을 출간한다.
1910~1911년	이어서 다른 장편 소설을 구상했으나 작업을 중단한다. 베를린에서 외부와의 교류가 줄어들고, 셋집의 숙식비를 해결하기 위해 집주인 여성의 비서로 일한다.
1912년	잡지에 다시 활발히 글을 게재하기 시작한다. 산문집 『이야기들(Geschichten)』, 『작문 모음집(Aufsätze)』을 출간하기로 결정한다.
1913년	3월, 스위스로 돌아온다. 처음에는 누나 리자의 집에 머물다가 이후 빌의 호텔 다락방에서 7년간 유숙한다. 프리다 메르멧(Frieda Mermet)이라는 여성과의 우정이 시작된다.
1914년	2월 9일, 빌에서 아버지가 사망한다. 1차 세계대전 발발로 몇 주 동안 군역에 소집된다. 산문집 『작은 문학(Kleine Dichtungen)』으로 라인 지방 여성문학애호가협회가 수여하는 상을 받

는다.

1915년	1월 25일, 취리히 호팅엔 독서 클럽 주관으로 발저 형제 문학미술제가 열린다.
1916년	빌에서 체류한다. 11월 17일, 정신 질환을 앓던 넷째 형 에른스트 발저가 베른 근처 발다우 정신 요양 병원에서 사망한다. 스위스 신문에 많은 글을 게재한다.
1917년	산문집 『작은 산문(Kleine Prosa)』, 『시인의 삶(Poetenleben)』을 출간한다.
1918년	연초에 4주간 군 복무를 한다. 산문집 『제란트(Seeland)』를 탈고한다. 장편 소설 『토볼트(Tobold)』 원고를 집필하나, 이후 폐기한다.
1919년	5월 1일, 베른 대학교 지리학 교수였던 둘째 형 헤르만 발저가 자살한다. 『희곡집(Komödie)』을 출간한다. 신문과 잡지에 많은 글을 기고하지만 궁핍한 생활이 이어진다.
1920년	빌에서 체류한다. 11월 8일 취리히에서 열린 발저 낭독의 밤에 청중으로 참석한다. 산문집 『제란트(Seeland)』를 출간한다.
1921년	베른으로 이주하여 베른 주립 문서보관소에서 몇 주간 보조 사서로 근무한다. 형 헤르만 발저로부터 약간의 유산을 상속받는다. 여름과 가을 동안 소설 「테오도어(Theodor)」를 집필했으나, 원고의 일부만이 전해진다. 여러 작품을 발표한다.
1922년	3월 8일, 취리히 호팅엔 독서 클럽에서 소설 「테오도어」의 일부를 낭독한다. 화가 에른스트 모

르겐탈러(Ernst Morgenthaler)의 집에서 잠시
머무른다. 바젤에 거주하던 숙부로부터 유산을
상속받는다. 소수의 작품만 발표하고, 나중에
발저의 후원자가 되는 카를 젤리히(Carl Seelig,
1894~1962)와 처음으로 편지를 주고받는다.

1923년   6월, 베른에서 좌골 신경통으로 입원한다. 가을
             에 제네바로 도보 여행을 떠난다.

1924년   베른에서 세 차례 거주지를 옮긴다. 신문과 잡
             지에 다수의 글을 다시 게재한다. 이때 발표하
             지 않은 원고가 다수 존재하며, 그중에는 시
             도 포함되어 있다. 1924년부터 연필로 아주 작
             은 글씨로 글을 쓰기 시작한다. 이른바 '마이크
             로그램(Mikrogramme)'이라 불리는 이 초안을
             1933년까지 총 526편 남기고, 이 중 일부를 기
             고하기 위해 잉크로 정서한다.

1925년   베른에서 네 차례 거주지를 옮긴다. 발저 생시
             에 나온 마지막 산문집 『장미(Die Rose)』를 출
             간한다. 7월과 8월에는 미완성 장편 소설 『강도
             (Der Räuber)』를 집필한다. 같은 해, 테레제 브
             라이트바흐(Therese Breitbach)와 편지를 주고
             받기 시작하며, 이 서신 교환은 1932년까지 이어
             진다.

1926년   베른에서 다시 네 차례 거주지를 옮긴다. 11월,
             취리히 라디오 방송에서 발저의 산문과 시가 소
             개된다.

1928년   쉰 번째 생일을 맞이한다. 많은 작품이 출판되
             지 못한 채 정서되거나 초고 상태로 남는다.

1929년	심한 정신적 위기를 겪은 뒤, 1월 24일 베른 인근 발다우 요양 병원에 입원해 정신 분열증 진단을 받는다. 긴 휴식 후 집필 활동을 재개하지만, 발표된 작품은 적다.
1930년	발다우 요양 병원에서 독방을 배정받았으나, 본인의 요청으로 공동 병실에서 생활한다. 문학 작업은 제한적이나마 계속 이어 간다.
1931년	발다우 요양 병원에서, 연말에 2인실로 옮긴다. 연극 공연 등을 관람하기 위해 종종 베른을 방문한다. 다시 글을 쓰며 작품을 발표하기 시작한다.
1932년	신문에 게재한 작품 수가 다시 감소하며, 미발표 원고도 줄어드는 추세를 보인다.
1933년	발다우 요양 병원에서 제한적이나마 집필 작업을 이어 간다. 5월과 6월 요양 병원 재조직 과정에서 병원 측은 경증 환자들에게 퇴원이나 가정 요양을 권하지만, 발저는 이를 거부한다. 그의 형제자매들 또한 그를 돌볼 수 없다고 밝히자, 발저는 6월 19일 본인의 의사에 반해 헤리자우 요양 병원으로 강제 이송된다. 집필 활동을 중단한다.
1934년	헤리자우 요양 병원에서 환자로서 순응적인 삶에 안주한다. 베른 법원에서 후견 보호 판정이 내려지며, 형 야콥 발저가 첫 번째 후견 보호자로 지정된다.
1935년	취리히의 작가이자 저널리스트인 카를 젤리히와 서신을 주고받는다.

1936년	7월, 카를 젤리히가 발저를 처음으로 방문한다. 이때부터 두 사람은 함께 산책하고 대화를 나누기 시작한다. 이후 젤리히는 발저 문학 선집의 발행인이 된다.
1943년	9월 28일, 형 카를 발저가 베른에서 사망한다.
1944년	1월 7일, 누나 리자 발저가 베른에서 사망한다. 이로 인해 카를 젤리히가 후견 보호자가 된다.
1947년	취리히에서 오토 치니커(Otto Zinniker)가 쓴 최초의 발저 전기가 출간된다.
1956년	12월 25일, 산책 도중에 심장 마비로 눈길에서 사망한다. 카를 젤리히가 발저의 유고를 관리하게 된다.

옮긴이
최가람

독일 베를린 훔볼트 대학교에서 로베르트 발저 연구로 박사 학위를
받았고, 현재 서울대학교 독어독문학과에서 강사로 일하고 있다.
지은 책으로 「로베르트 발저 연구 총서」 10권으로 출간된 「머묾과
떠돎. 로베르트 발저의 작품에 나타난 '하인 정신'의 형상들(Bleiben
und Treiben. Figurationen der Dieneridee im Werk Robert
Walsers)」(Brill Fink, 2025)이 있다.

토볼트 이야기

1판 1쇄 찍음 2025년 3월 21일
1판 1쇄 펴냄 2025년 3월 28일

지은이 로베르트 발저
옮긴이 최가람
발행인 박근섭, 박상준
펴낸곳 (주)민음사

출판등록 1966. 5. 19. 제16-490호
서울시 강남구 도산대로 1길 62(신사동)
강남출판문화센터 5층 06027
대표전화 02-515-2000 팩시밀리 02-515-2007
www.minumsa.com

ISBN 978 89 374 3131 9 04800
ISBN 978 89 374 2900 2 (세트)

* 잘못 만들어진 책은 구입처에서 교환해 드립니다.